シュガーアップル・フェアリーテイル

銀砂糖師と紫紺の楽園

三川みり

23760

角川ビーンズ文庫

CONTENTS

シュガーアップル・フェアリーテイル
銀砂糖師と紫紺の楽園

シュガーアップル・フェアリーテイル
CHARACTERS

ギルバート
記憶喪失の男

ミスリル
賑やかな妖精

フラウ
ギルバートとともにいる妖精

リュー
楽園の妖精

セラ
楽園の妖精

物語のキーワード

砂糖菓子 妖精の寿命を延ばし、人に幸福を与える聖なる食べ物。

銀砂糖師 王家から勲章を授与された、特別な砂糖菓子職人のこと。

銀砂糖子爵 全ての砂糖菓子職人の頂点。

本文イラスト／あき

一章　彼は何者か

　朝食の後片付けを終えると、アンは窓の外へと視線を向けた。開かれた窓からは、初秋のやわらかな朝陽《あさひ》が射《さ》して床《ゆか》に落ちている。

　真夏に比べて朝の風は涼《すず》やかで、胸いっぱい吸い込むと、思い切り伸《の》びをした。

「気持ちいい。今日、随分《ずいぶん》風が涼しい」

　そこで思い立つ。

「このくらい朝夕が涼しかったら、砂糖林檎《りんご》も色がつきはじめてるかも。東側の木を見に行こうかな。あのあたりが一番はやく色づくから」

　うきうきと口にして出入り口の扉《とびら》に手をかけると、

「ちょっと待ったぁ！」

　制止の声がかかり、声の主が元気よくアンの肩《かた》に飛び乗ってきた。

「待て！　アン。おまえってなんで、そう不用心なんだ」

　目をつりあげ、びしっとこちらに指を突《つ》きつけるのは、湖水の水滴《すいてき》から生まれた、同居人の小妖精《ようせい》ミスリル・リッド・ポッド。

「え？」

「おまえ、あの変な手紙のこと忘れたのか!?」

そう言われると、アンの視線は自然と、部屋の奥にある棚《たな》の引き出しへと向く。そこには、アンの家に届けられたギルバート・ハルフォードを名乗る男からの手紙が入っている。

ギルバートは、アンが物心つく前に亡《な》くなったとされている父親の名だ。手紙の主は、エマを捜《さが》していたらしいし、アンの家も突き止めて手紙を届けた。ただその人物は、アンに会いたいと手紙に書きながら——不可解なことに姿を現さない。

自分たちの家に戻《もど》り、ギルバートの手紙を発見してから、既《すで》に三日目。

何事も起こっていない。そのことで少しアンの気持ちは落ち着いている。

「忘れてないわよ。確かにあの手紙を見たときは、ちょっと怖《こわ》かったし気味悪かったけど。よく考えたら、やっぱりあの手紙の主は、わたしたちに直接近づこうとしないんだなって、思って。それだったら、そこまで警戒《けいかい》する必要ないじゃない？」

扉を押し開けようと手に力を込めると、その手に、別の手が重なった。

「シャル？」

いつの間にか傍《かたわ》らに、夫である、黒曜石の妖精の姿があった。どうしたのだろうかと、自分の手に重ねられたシャルの手と、綺麗《きれい》な黒い瞳《ひとみ》を交互《こうご》に見やる。すると彼は、

「一緒《いっしょ》に行く」

と言うと、アンの手に手を重ねたまま扉を開く。

（シャルは、すごく心配してる。当然だろうけど）

なぜ一緒に行くのかと問うほど、アンも馬鹿《ばか》ではなかった。ギルバートが得体の知れない人物であるのは確かだし、その上、ギルバートが使役《しえき》している妖精と接触《せっしょく》したシャルは窮地《きゅうち》に陥《おちい》ったのだから、警戒するのは当然だった。

「ありがとう。つき合わせちゃうけど」

先に戸外へ出た背に言うと、シャルはふり返り、からかうような目をする。

「妻は守る。夫の役目だ」

アンが妻という言葉に慣れないのを承知で、こうして口にするのだから始末が悪い。自然と頬《ほお》は赤らむのだが、先日、愛には素直《すなお》にと、赤毛の強い女性に教えられたばかりだ。少し足を速めるとシャルと並び、彼の横顔を見あげる。

「嬉《うれ》しい」

精一杯《せいいっぱい》素直な気持ちを口にしたが、恥《は》ずかしくなり彼から視線をそらす。

シャルが微笑《ほほえ》む気配がする。

「エイワースも、いいことをしてくれた」

「え？」

言葉の意味がわからず再度シャルを見やると、彼は囁《ささや》くような声で言う。

「おまえが素直になって、もっと可愛《かわい》くなった」

今度こそ、恥ずかしさで頭から湯気が出そうで、アンは顔を伏《ふ》せた。肩にいたミスリルは
「ひぃやぁぁ」と身をよじり、妙《みょう》な声をあげた。

「どうした、どうした、二人とも。なんか、なんていうか、素晴《すば》らしいぞ！　もっとやれ、もっと。俺様を喜ばせろ」

「おまえを喜ばせるつもりでやっているわけじゃない」

シャルは平然と切り返すが、アンは言葉が出ない。

（これってシャルにしてみたら、言葉遊びみたいなものなんだろうけど……恥ずかしすぎる！）

スカーレット・エイワースの一件が片付いた時、彼に抱《だ》きついたりしたのがまずかったのかもしれないと激しく後悔《こうかい》した。

あのときは様々なことがあり、気分が高揚《こうよう》していたのもあり、素直に愛《いと》しさを伝えるためにシャルに抱きついた。それは間違《まちが》っていないし、そうするべきだったと思うし、なんなら今だって、必要ならば抱きつくだろう。だがシャルは、それで自分がびっくりしてしまったのが、少し悔《くや》しかったのかもしれない。あれ以来アンに対して、「これならどうだ」と言わんばかりに、アンを恥ずかしがらせようとしている感じがした。

互《たが》いに互いを恥ずかしがらせるという、妙な勝負が始まっている気がする。

三人は、砂糖林檎の青い実を眺《なが》めながら森の中を歩む。ちょっとした朝の散策といったとこ

ろだが、砂糖林檎の実りを確認《かくにん》しながらなので、それだけでアンの胸は弾《はず》む。

アンとシャル、ミスリルの住む小さな家は、砂糖林檎の森の中にある。

去年からここに住み始めたアンだったが、この時季は毎朝が楽しみだった。実の色がどのくらい変わったのか、毎日散歩がてら確認し、収穫《しゅうかく》時期を予測するのだ。

ただ去年は、シャルの行方《ゆくえ》がわからなかったために、その楽しみも、哀《かな》しみを心の隅《すみ》に追いやるためにわざと楽しもうとしている自分がいた。

しかし今年は、傍らにシャルがいる。心の底から、嬉しくて、楽しい、最高の散策だ。

砂糖林檎の森の中に家を構えているからこそ、そしてシャルとミスリルがいてくれるからこそできる、贅沢《ぜいたく》な楽しみ。

「まだ、青いね。でもほんのちょっと、青みが変わってる気はする」

森の東にある砂糖林檎の木は、日当たりの関係で、最初に実が色づき始める。その木を確認していれば、森全体が色づく収穫時期を予測できた。

ミスリルも肩の上から、アンの手もとを覗《のぞ》き込む。

「ここの砂糖林檎の色が変わり始めたっていうことは、俺様の色の砂糖林檎も色が凝縮《ぎょうしゅく》する頃《ころ》だ。色水をやるのは、もう、やめたほうがいいな」

「そうなの？」

「おう。去年は収穫ぎりぎりまで欲張《よくば》って色水をやってたら、逆に、実が水分を含《ふく》んで色が薄《うす》くなったんだ。今年はあえて、このあたりでやめるつもりなんだ」

へへんと胸を張るミスリルが、頼《たの》もしかった。色の妖精になるために、彼は自分であれこれと研究を重ねているらしい。

「すごいよね、ミスリル・リッド・ポッド。早く、色の銀砂糖でわたしも作品を作りたい」

「任せろ！　上手《うま》くいけば今年、量は少ないけど上等なものができあがる」

「収穫、楽しみだね」

鶏《にわとり》の卵のように小さな砂糖林檎の実に手を添《そ》えて、アンは満足感に微笑む。すると周囲に視線を向けていたシャルが、問う。

「収穫まで、どのくらいだ？」

「おおよそ、ひと月かな」

「それなら、ひと月は猶予《ゆうよ》があるな」

「なんの？」

背後にいるシャルをふり返ると、彼は真剣《しんけん》な表情をしていた。

「収穫時期に、おまえはここを離《はな》れられない。だがその前であれば、ここを離れても問題ないはずだ。ひと月、おまえはここを離れて安全な場所にいろ。事情を説明して、銀砂糖子爵《ししやく》に庇《ひ》護《ご》を願うのが最善だろう」

突然《とつぜん》切り出されたので面食《めんく》らったが、意外ではなかった。シャルの抱く危惧《きぐ》は感じていたし、アン自身も大丈夫《だいじょうぶ》と思いながらも、心の半分では心配しているのだから。

「それって、やっぱりギルバート・ハルフォードのことを心配して、言ってくれてるのよね？　でも一旦《いったん》逃げても、わたしは絶対にここに戻ってこなきゃならない。だったら逃げる意味がない……」

「おまえが安全な場所にいる間に、俺はコッセルへ行く。あの手紙の主は、おまえをコッセルへおびき寄せたがっている。ならば俺が行き、ギルバートを捜し出し、奴《やつ》の正体と目的を突《つ》き止める」

アンの家に届けられた手紙には、ギルバートはロックウェル州のコッセルにいるので会いに来て欲しいと書かれていた。彼はなぜか、アンをコッセルにおびき寄せたがっている。そこに向かえば何かがわかるかもしれない。

ただシャルがそこへ一人で向かうのには、賛成できなかった。

「シャルに、危ない真似《まね》をして欲しくない」

先のスカーレットの一件で、シャルはギルバートが使役している妖精《ようせい》を追っていたとき、記《き》憶《おく》が混乱して窮地に陥ってしまったのだ。対峙《たいじ》した妖精の能力によるもののようだった。シャルのことだ。一度経験すれば、同じ轍《てつ》を踏《ふ》まないとは思うのだが、油断はできない。

それにアンは、ただ守られるだけの存在でいてはならないと思うのだ。

「わたしのことだもの。シャルだけじゃなくて、わたしも一緒《いっしょ》に解決しなきゃ」

「では、どうする？」

「まずはギルバートのこと、調べなきゃいけないと思うの」

言いながらアンは家へ向かって歩き出し、シャルも隣《となり》に並ぶ。

「調べるって、どうするんだ？」

ミスリルに訊《き》かれ、アンはこの二日、考えていたことを口にする。

「ヒューに協力を頼むなら、保護してもらうんじゃなくて、ヒューの権限で、ギルバートに関わることを調査してもらうべきだと思うの。そもそも、わたしのパパが死んだってことを調べたのはヒューだから、方法はあるはず」

「ギルバートの正体を突き止めさせるのか？　銀砂糖子爵に」

無理だろうと言いたげなシャルの言葉に、アンは苦笑《くしよう》する。

「たぶん、それは無理だよね。ギルバートと名乗ってても、本物かどうか怪《あや》しいし。得体が知れない人を捜《さが》してくれっていうのは、ちょっと難しい。けれど、わたしの本当のパパが、コッセルと縁《えん》があるのかは調べられると思うの。手紙をよこした人は、なぜかコッセルに、わたしをおびき寄せたいみたいだし」

「なるほど。コッセルとアンの親父《おやじ》さんに縁があれば、そこから手がかりが得られるかもな。親族がいるとか、友だちがいるとか」

ぽんとミスリルが、手を打つ。

「もし関《かか》わりがないとしたら手詰《てづ》まり。でもそうだったら、もう覚悟《かくご》してその人を自力で捜して捕《つか》まえて、『なんのつもりですか。あなたは誰《だれ》ですか。わたしのパパっていうのは本当ですか』って訊く方法を考えないとね。だけどまず、その前に調べて……」

アンたちの小さな家が、濃《こ》い緑の葉の向こうに見えはじめた。赤い屋根と、並ぶ小窓。そして出入り口──その扉《とびら》の前に人影《ひとかげ》がある。

遠目でよくわからないが、見知った人間ではない。上背があるので男のようだ。灰色の、旅行用の埃《ほこり》よけマントを着て、フードを頭からかぶっていた。男は扉に手を添えている。

「あれは……？」

アンが首を傾《かし》げたのと同時に、突然シャルが駆《か》け出す。

「シャル!?」

「あの男だ！」

走りながら、背中越《ご》しにシャルが答えた。

「街道《かいどう》の集落で、あの金の妖精と一緒にいるのを見かけた。あの男だ」

ミスリルがはっと体を緊張《きんちょう》させ、アンも思わず足を止める。

声に気づいたらしく、扉の前にいた男が身を翻《ひるがえ》し、逃げるように走り出した。

（わたしたちに気がついて、逃げた!?）

男が金の妖精と一緒にいたとするならば、ギルバート・ハルフォードを名乗っている男の可能性は高い。アンに会いたいと手紙を書き、アンをコッセルにおびき寄せようとしている、その男だ。

にもかかわらず、彼は逃げた。

(どういうこと？　あの人はわたしに会いたいと手紙を書いておきながら、逃げるの？)

訳がわからない。

ついさっきまであった穏《おだ》やかで満ち足りたものに、大きく膨《ふく》れた影《かげ》が差す。

(もしかしたら、またシャルが……！)

恐《おそ》れが声になって出た。

「シャル！　駄目《だめ》、追わないで！　戻《もど》って！」

しかしシャルの姿は、逃げた男を追って砂糖林檎《りんご》の木々の向こうへ消える。

「シャル！」

足が止まっていたのは、呼吸三つほどの間。遅《おく》れて、アンは意を決し、シャルが消えた方へ向かって走りだす。

「えっ!?　アン、行くのかよ!?」

肩《かた》にしがみついたミスリルが、甲高《かんだか》い声で問う。

「シャルに、また何かあったら大変。わたしも行ってシャルを助ける」

戦うことなどできないし、力も弱いアンだが、役に立たないわけではない。

（わたしにもできることは、ある。体を張ってなら、なんとかなることもある）

シャルが、アンを危険にさらしたくない、守りたいと思ってくれるのは嬉《うれ》しい。だがきっとそれだけでは、いずれ、一緒にいられなくなるような気がしてならない。一方的な関係はひずみがちで、保ち続けるのは難しい。

（砂糖菓子《がし》を作るときと同じ。バランスの悪い造形は脆《もろ》いもの）

三人で一緒にいるために、アンは、守られるだけでは駄目だ。スカーレットの一件で、混乱したシャルを目《ま》の当たりにしたときに、それを感じたのだ。

シャルやミスリルの助けになれると信じて動けば、アンにもできることはある。

（のこのこ、やってくるとはな）

逃げた男を追いながら、シャルはほくそ笑《え》む。

（逃がしはしない）

日射《ひざ》しが砂糖林檎の木々の葉に弾《はじ》かれ、森の中は明るい。砂糖林檎の木の背は低く、枝が銀灰色で細い。独特の樹形による森の明るさゆえに、逃げる男の姿ははっきり捉《とら》えられた。なおかつ、シャルの足の方がかなり速いらしい。見る間に距離《きょり》が詰《つ》まる。

距離が近づくにつれ、シャルは周囲への警戒《けいかい》を強めた。

あの金の妖精が潜《ひそ》んでいるかもしれない。

記憶を混乱させられた時を思い返すと、あの妖精に触《ふ》れた瞬間《しゅんかん》に何かが起きたのは確かだった。触れることであの妖精が能力を発揮するならば、近づけさせなければいい。

走りながら右掌《みぎてのひら》に意識を集中させると、周囲から光の粒《つぶ》が寄り集まり白銀の刃《やいば》になった。それを握《にぎ》り、さらに足に力をこめ、ぐんと速度をあげた。無論、辺りに視線を向けながら。

(来たら、斬《き》る)

金の妖精が現れたならば、相手がシャルに触れる前に斬り捨てるつもりだった。

あの妖精の目的はわからなかったが、そんなものはどうでもいい。あの妖精のせいでシャルは混乱し、アンは傷を負ったのだから、どんな意図や理由があろうと、斬ってもかまわないだろうと思う。満ち足りたアンとシャルとミスリルの日々を壊《こわ》す者は、妖精だろうが人間だろうが、容赦《ようしゃ》する気はない。

目の前の男も、そうだ。穏やかな日々を乱す者なのだから、斬ればいい。そんな考えが浮《う》かぶ。

跳躍《ちょうやく》すれば男の背を斬れる。

(やるか)

足裏と膝《ひざ》に力をこめたが、ふと躊躇《ためら》いが生まれた。

(もしあの男が、本当にアンの父親だったら。あいつの身内を斬るのか?)

しかしアンには、父親の記憶《きおく》すらない。もし本当に父親であっても、アンを哀《かな》しませることはないかもしれない。

今の生活を守ることが、シャルには最も大切なことだ。躊躇いをふり払《はら》い、刃を構えたそのとき、目の前を走る男の膝が、突然崩《とつぜんくず》れた。唐突《とうとつ》な動きにぎくりとし、シャルは迫《せま》っていた男の背後から横に飛び退《の》き、下草の上に膝をつく。

(なんだ!?)

まるで糸が切れたように、男はその場に膝から崩れ落ち、くたくたと地面に伏《ふ》せた。

倒《たお》れた男を、シャルは少し離《はな》れた場所から凝視《ぎょうし》し続ける。

男は、ぴくりとも動かなくなっていた。

シャルはそのまま刃を握って、男を観察する。

小鳥のさえずりが聞こえ、日射しが降る。

男が動く気配はない。

用心しながら立ちあがったシャルは、刃を握ったまま男のもとへ近づいていったが、その足音にも相手の反応はなかった。

(間違《まちが》いない。あの男だ)

男の傍《かたわ》らに立って見下ろすと、旅行用マントのフードから覗《のぞ》く横顔は、街道沿いの集落の酒場で見た男のものだった。四十歳前とおぼしき年齢《ねんれい》と、明るい茶の髪《かみ》と、無精髭《ぶしょうひげ》。痩《や》せた頬《ほお》。鼻先にある下草の葉が微《かす》かに揺《ゆ》れているので、息はあるらしい。だが彼の腕《うで》をブーツの先で軽く小突《こづ》いても、反応はない。気を失っているのだ。

突然倒れて意識を失ったのは、なぜなのだろうか。

(病か？)

足で、男の体を仰向《あおむ》けに転がす。

抵抗《ていこう》なく仰向けになった男のマントのポケットから、紙片《しへん》がはみ出していた。つまみ出してみると、それは宿屋が発行した馬の預かり証らしかった。宿の住所はコッセルだ。

この男は、コッセルからやって来たのだろうか。

眉《まゆ》をひそめ、シャルは男を見おろす。

コッセルからやって来たにしろ、そうでないにしろ。そして彼がアンの父親であろうがなかろうが、平穏《へいおん》を乱す者であるならば、この瞬間に息の根を止めるべきかもしれない。この男の目的や正体など、どうでもいい。この男が消えてしまえば、そんなものに意味はない。

そんな考えが胸の中に湧《わ》く。

冷え冷えとした感情が、羽に緊張をもたらし、ぴんと伸《の》びる。

刃を握りなおし、男の体をまたいで立つと、心臓の位置を見定めた、その時。

(待て——これは……、許されるのか？)

再び、躊躇いが生じた。その躊躇いが忌々《いまいま》しく思えた。

妖精《ようせい》が自分の意思で人を傷つけた場合、どんな理由があれ罰《ばっ》せられる。それがかつての王国の法だった。例外的に認められていたのは、戦士妖精が、羽を握った主の命令で人を傷つけることだ。それは妖精が、主が使った道具と見なされるからだった。

未《いま》だに妖精の羽を握って支配する人間たちは多いが、エドモンド二世の、人と妖精は対等であるという誓約《せいやく》により、妖精が人を傷つけた場合も、人と同じ手順で裁かれると法も変わってはいる。

ハイランド王国では、妖精は人が使役《しえき》する道具から、対等なものへと変わろうとしているのだ。

妖精と人が対等である――それは妖精も人と同じ秩序《ちつじょ》の中で生きるという意味。人の秩序の中で生きるつもりであれば、今、この男を危険かもしれないという可能性だけで殺してしまえば、シャルは王国の法の下では殺人者だ。

シャルの中には、妖精である自分が人間の法に縛《しば》られる存在であるという意識は、未だに希《き》薄《はく》だった。だが――それでも、法への理解が躊躇いを生んだ。法を犯《おか》せば罰せられる。シャルの行いを、アンは必ず哀しむ。

さらに――この男がアンの父親である可能性。それによる躊躇い。

今を守るために何が最善の方法か、迷う。

「シャル！」

背に、アンの声が当たった。はっとしてふり返ると、肩《かた》にミスリルを乗せたアンが、こちらに向かって駆《か》けてくるのが見えた。咄嗟《とっさ》に、手にある刃を消す。

息を弾《はず》ませ近づいてきたアンは、倒れている男を認めて目を丸くする。

「どうしたの、その人？」

「わからん。追っていたら、倒れて気を失った」

アンは、息を整えながら男の傍らに膝をつく。

「どうしたのかしら。病気かな？　顔色がすごく悪い」

しばらくの沈黙《ちんもく》の後、アンは難しい顔をしながらも、ぽつりと言う。

「家に運んだ方がいいかも」

「えっ⁉　うちに運ぶのかよ」

ミスリルがアンの肩から飛び降り、男の顔を覗き込み、うさんくさそうに眉をひそめる。

「やめとけって、こんな得体の知れない男を家に連れて行くなんてさ。何をしでかすか、わかったもんじゃないぞ。そうだ！　州兵にとっ捕《つか》まえてもらおうぜ」

「でもこの人、うちの玄関先《げんかんさき》に来て、逃《に》げ出したってだけだもの。州兵はそんなことじゃ、人を捕まえないし」

「手紙で、アンを脅《おど》してるだろうが」

「会いたいって手紙を届けただけだから、脅しにはならないはず。州兵が動く理由にならない」

うーんと腕組《うでぐ》みしたミスリルは、冗談《じょうだん》めかして言う。

「そんじゃ、ここでこっそり埋《う》めちゃうとか？」

アンの表情が曇《くも》るのを、シャルは認めた。

「冗談でも、埋めるなんて言っちゃ良くないよ。実害は被《こうむ》ってないし」

「これから、被るかもしれない」

冷えた声でシャルが言うと、アンは真剣《しんけん》な目で頷《うなず》く。

「うん。そうよね……。でも、もしかしてこの人は何か企《たくら》んでるかもしれないって思っても、それだけでこの人をどうこうできない」

アンは人間で、人間の世界の規範《きはん》や倫理《りんり》に従って生きなくてはならないのだ。ごろつきならばいざ知らず、善良に生きている庶民《しょみん》からすれば、「危険かもしれない」という理由だけで、人を殺すことなど考えられないのだろう。

シャルにしてみれば、そんな考えはぬるい。

わずかでも不安があるならば、早いうちに消しておくべきだ。だがそれは妖精として、人の世界と相容《あいい》れず生きる考え方なのだろう。もしアンとともに平和に生きるのであれば、人の世界の規範や倫理に従い馴染《なじ》むべきかもしれない。

このぬるさを許容しながら、アンが危険に陥《おちい》らないように、そして自分たちの平穏が乱されないように、シャルは立ち回っていくしかないのだ。

（そんなことで、こいつを守れるのか？）

人と対等に人の中で妖精が生きるためには、今までとは違《ちが》った規範でシャルもことに対処する必要がある。しかしそれで、アンを守っていけるのだろうか。

「目が覚めたら、事情を問いただせるし」

シャルは小さくため息をつく。

（面倒《めんどう》だが、仕方がないのか）

アンの言うとおり、この男に全《すべ》てを白状させれば一歩前進どころか、万事解決するかもしれない。

「わかった。この男を運ぶ。ただ拘束《こうそく》はする。それでこの男が気がついたら、なんのつもりか喋《しゃべ》ってもらう」

「なんだか……こうやって目の前にしてると、不安とか怖《こわ》さって、半分くらいになるのね。この人、遠くから見たときはぎょっとしたけど。今は怖くない」

しみじみとアンは、長椅子《ながいす》に横たわって気を失っている男を見下ろす。

年齢は四十歳前くらいだろうか。痩せた頬に無精髭を生やした男は、両手首をまとめて縛られ、木を削《けず》り出しただけの硬《かた》い長椅子の座面に寝《ね》かされている。薄汚《うすよご》れた灰色の旅行用マントはすり切れてほつれているし、骨っぽい手首や首筋など、弱々しい。全体的に、哀《あわ》れな中年男なので、おそろしい相手の気がしない。

「こいつがこの手紙を届けたのは、間違《まちが》いないよなぁ」

食卓《しょくたく》の上であぐらをかいたミスリルが、腕組みしながら、二枚の手紙を見比べていた。

一枚は、アンたちがウェストルから帰宅したときに、扉《とびら》に挟《はさ》まっていた手紙。

もう一枚は、先刻、男が現れた直後に扉に挟まっていたのだ。状況《じょうきょう》から考えて、男が扉に差し込んだと考えて間違いない。

その新しい一枚には、最初の一枚と同じ筆跡《ひっせき》でこう書かれていた。

『アンへ。

元気にしているだろうか。もう、帰宅した頃《ころ》だろうと思って、手紙を書いた。先の手紙を君は読んでくれただろうか。また同じことを書いてしまうが、僕は君に会いたい。会いに来て欲しいんだ、お願いだ。コッセルへ来てくれないだろうか。

愛を込めて　ギルバート・ハルフォード』

内容と筆跡から推測するに、二枚は同一人物の手によるものだ。

「でも、この人は届けただけで、書いたのは別の人ってこともあるよね？」

そう言ったアンに、窓辺に立って外を見ていたシャルがふり返る。

「いや、こいつがその手紙を書いたはずだ」

「どうしてそう言えるの？」

「これを持っていた」

窓辺から離《はな》れると、シャルは食卓に一枚の紙片《しへん》を置く。

「これは宿屋の馬の預かり証？」

「コッセルにある宿屋らしい。そこに署名がある、ギルバート・ハルフォードと。その筆跡と手紙の筆跡は、同じだ」

「本当だ」

食卓にある二枚の手紙と預かり証を見比べ、アンは再び、気を失っている男をふり返る。

「じゃあ、この人がギルバート・ハルフォードを名乗っている人で間違いない」

アンに会いたいと希望している本人が、手紙を届けに来たのだ。そして会いたいと願っているアンの存在に気づいて――逃げた。

「この人、わたしに会いたかったんじゃないの？　なのにどうして逃げたの？」

「わからん。本人に訊《き》くしかないだろう」

再び窓辺へ戻《もど》ったシャルは、外へ視線を向ける。彼が警戒《けいかい》しているのは、ギルバートと一緒《いっしょ》にいた、あの金の妖精《ようせい》なのだろう。彼をこの家に運び込む間も、あの妖精は姿を現さなかったが、近くにいないとも限らない。

なぜあの妖精が、この男と一緒ではないのか。シャルはそのことを随分《ずいぶん》気にしている。

アンも彼と同様に妖精のことを不可解に思いながらも、丸椅子《まるいす》を引き寄せ、男の顔の近くに座り、膝《ひざ》に頬杖《ほおづえ》をついてしみじみと眺《なが》めた。

髭《ひげ》を剃《そ》り、少し太って身なりさえ整えれば、哀れっぽさは消えるだろう。美男子とは言えないが、さりとて酷《ひど》いご面相でもない。眉尻《まゆじり》が下がっている。気を失っているためなのか、温和な顔立ちに見えた。

(この人は誰《だれ》なんだろう?)

銀砂糖子爵《ししやく》ヒュー・マーキュリーの調べでは、アンの父ギルバートは死んでいる。だとしたらこの男は、なぜ名を騙《かた》っているのか。

しかし。アンの父が死んだという情報が間違いで、実際は生きていて、彼こそが事実、アンの父ギルバートである可能性も残っている。

(もしこの人がパパだったら、訊いてみたいかも。ママと、どこでどうやって出会ったのか。そしてママのこと、どんなふうに好きだったのか。どんな話を二人でしたのか。そしてどうし

て、二人は離ればなれになったのか）

父親の存在を意識したことのないアンだったが、父親の可能性のある人を目の前にすると、様々なことを考えてしまう。

男が、呻《うめ》いた。

シャルとミスリルが同時に身構え、アンもびくりと椅子から立ちあがった。椅子から離れ数歩後ろに下がったアンの背後に、窓辺から近づいたシャルが立つ。

茶の睫《まつげ》が震《ふる》え、男が目を開く。男の視点はぼんやりと定まらず、しばらく身動きしなかった。しかし徐々《じょじょ》に瞳《ひとみ》が左右に動き、周囲の状況を確かめ始めた。

意を決し、アンは一歩男に近づく。

「ご気分は如何《いかが》ですか？　痛いところはありませんか？　どこか苦しくはないですか？」

わずかに顔を傾《かたむ》け、男がアンの方を見た。

「気分は……悪くないです……ありがとう……ご親切に」

かすれた声で、弱々しく応じる。ぼんやりしているようで、目は穏《おだ》やかな色をしている。

緊張《きんちょう》で喉《のど》が渇《かわ》く。つばを飲み、アンは硬い声で問う。

「あなたは、ギルバート・ハルフォードさんですか？」

「……僕は……」

ぼんやりと口を開くと、男の言葉はそこで止まる。彼はゆっくりと瞳を左右に動かし、かすかに眉根《まゆね》を寄せた。

「……どうだろう……？」

誰に対して発した問いなのか、男が呟《つぶや》く。

「え？」

とアンは短く問い返すが、男は天井《てんじょう》に視線を向けて苦しそうな顔をする。アンには彼の態度が理解できず、回答を求めるようにシャルにふり返ってみたが、彼もわからないと言うように、首を横に振《ふ》る。

ミスリルがぴょこんと立ちあがり、びしっと男に指を突《つ》きつける。

「やいやいやい、どうだろうって、どういうことだ！　はっきり言え、はっきり。おまえはギルバートなのか、違うのか」

男はミスリルの方へと視線を向けた。

「それが、わからない。申し訳ないが」

かくんと、ミスリルは首を傾《かし》げる。

「わからないって、自分がギルバートかどうかが、わかんないってのか？」

「申し訳ない」

心からすまなそうに、男は目を伏《ふ》せた。

「じゃあ、誰なんだよ。おまえ」

「それが、わからない」

愕然《がくぜん》とし、アンは再びシャルと目を合わせた。彼の表情も険しい。

(この人は……記憶《きおく》をなくしてる？　まさかそんなことある？)

芝居《しばい》だろうかと、咄嗟《とっさ》に疑った。簡単に人の記憶がなくなるとは思えないし、状況が状況だ。

芝居打って油断させ、逃《に》げだそうと考えていることも充分《じゅうぶん》ありえた。

身じろぎした男は、縛《しば》られている両手首に気づいたらしく、顔の前に持ちあげると目を見開く。そして横になったまま、不安げにアンたちを見回す。

「僕はなぜ、縛られているんだ。君たちはいったい……」

怯《おび》えを含《ふく》んだ瞳と声で問われ、アンもシャルも言葉がなかった。

「もし。もし僕が金目のものを持っていたとしたら、全部あげるよ。だから、助けてくれ」

男には、アンたちが誘拐《ゆうかい》犯か追い剝《は》ぎのように思えているらしいので、愕然とした。

「え、そんな。べつに金目のものを巻き上げようとして、縛ってるわけじゃないです」

「じゃあ、じゃあ。なんなんだい。君たちは、何者なんだ」

この怯えかたは芝居だろうか。そうは見えないが、確信も持てない。

「何者って、こっちが訊きたいんだけどなぁ」

ぼやくように、ミスリルが肩《かた》を落として言う。

目覚めた男は、自分の名前も、生まれも、アンの家で目覚める以前に自分が何をしていたのかも、一切《いっさい》覚えていないらしかった。

どうするべきかと困惑《こんわく》していると、シャルが、男に「ギルバート・ハルフォード」の名を書かせようと提案した。もし筆跡が手紙と一致《いっち》すれば、手紙を書いたのはこの男に違《ちが》いないと——あえて、男の目の前で告げたのだ。

そこで、ピンときた。シャルはこの男が、記憶をなくしたふりをして、逃げだそうと画策しているのではないかと疑っているのだ。

男がアンたちの手から逃《のが》れたいばかりに記憶をなくしたふりをしているならば、わざと筆跡を誤魔化《ごまか》し、「この手紙は自分が書いたものではない」と主張すればいい。自分は記憶をなくしているが、きっと手紙を届ける役目を担《にな》っていただけだ、と。そしてアンたちに解放を願うのだ。

それを見越《みこ》して、シャルはわざわざ彼の目の前で筆跡の話をし、文字を書かせる提案をしたのだ。シャルと目顔でそれを確認《かくにん》し合ったアンは、男の縄《なわ》を解き、食卓《しょくたく》につかせて「ギルバート・ハルフォード」と書くようにと白紙を渡《わた》した。

男は不安そうにしながらも、「ギルバート・ハルフォード」と書いた。

筆跡は、手紙と馬の預かり証と同じだった。

「これは、確かに僕の筆跡《ひっせき》のようだけれど」

戸惑《とまど》いながらも、男は認めた。そのことにアンは、少なからず驚《おどろ》く。

(逃げるつもりなら、誤魔化すこともできるはずなのに)

手紙と比較《ひかく》され、名を書いた男本人が、食卓を囲むアンたちを戸惑ったように見あげる。

「この手紙を書いたとしたら、僕はギルバート・ハルフォードなのか？　このギルバートは、君たちとどんな関係があるんだい？」

急《せ》き込んで問われ、アンのほうが困惑した。

「ギルバート・ハルフォードは、わたしの父の名です。わたしが物心つく前に死んだと聞かされていた、父です」

男は目を見開く。

「じゃあ、僕は君の父親？　でも……死んでる？」

「ええ」

アンが頷《うなず》くと、男は食卓に肘《ひじ》をつき、両手を髪《かみ》の中に突っ込んで俯《うつむ》く。

「すまない。よく、わからない……。そもそも君たちは何者なんだ」

「あっ……、そうか」

ようやくアンは、自分たちが名乗っていないことに気がついた。男はずっとアンたちに不審《ふしん》を抱《いだ》き、何者だと何度も訊《き》いていたというのに、それに答えていなかった。それほど自分たちも困惑していたのだと改めて気がつき、申し訳がなかった。

「ごめんなさい。わたしたちも戸惑いっぱなしで、名乗り忘れてました」

頭を下げる。

「わたしは砂糖菓子《がし》職人です。銀砂糖師のアン・ハルフォードと言います。少し前から、この手紙を受け取るようになったんです。しかもこの手紙を持ってきた妖精《ようせい》のために、わたしの夫が危険な目に遭《あ》いました。その妖精とあなたが一緒《いっしょ》にいるのを、わたしの夫が見ています」

「僕が妖精といた？　それで今日は、僕がこの手紙を届けに来て、逃げ出した……と？」

「はい」

「なぜ、そんなことを？　この家に君が住んでいると知っていて、会いたいなら、手紙なんか届ける必要はない。訪問して、会えばすむじゃないか」

顔をあげて問う男は、アンの話を疑っているかのように眉《まゆ》をひそめていた。作り話をしているのではないかと、疑っているようだった。

「わたしたちも、そう思いました。この手紙を書いた人は、妙《みょう》だって。なぜ会いたいと手紙に書きながら、わたしたちの姿を見るなり逃げ出したのかって。だから——逃げて気を失ったあなたを縛ったのは、わたしたちも不審を感じたからなんです」

「この手紙の筆跡は……僕のもの。だったらやっぱり、僕がそんな奇妙なことをしたのか？」

呻《うめ》き、男は再び頭を抱《かか》えた。

「申し訳ない。わからない」

食卓にいたミスリルが、腕組《うでぐ》みして難しい顔をする。

「なんか、嘘《うそ》をついているようには思えないけどなぁ。気の毒になってきた」

警戒《けいかい》しながら、無言で男の背後に立っていたシャルが、ぽつりと言う。

「似ている気もするが」

「何が？」

ふり返ってアンが問うと、シャルは頭を抱える男を見おろしながら言う。

「俺はこの男と一緒にいた妖精に触《ふ》れられ、記憶が混乱した。この男は、記憶を失っている。双方《そうほう》とも記憶という点が共通している。ただ、混乱するのと失うのと、大きな違いがある。それは逆に、決定的な違いにも思えるが……」

ミスリルが気味悪そうな顔をする。

「なんだ、それ？　じゃあ、もしかしてあの金の妖精が、頭の中をいじる能力を持っていて、それでシャル・フェン・シャルの頭も、この男の頭もいじったってことか？」

「可能性はある」

アンは薄《うす》ら寒いものを覚え、窓の外へ視線を向けた。

（あの金の妖精……もしかして近くに？）

男が目覚めるまでかなり時間がかかったので、既《すで》に陽《ひ》が傾《かたむ》きはじめている。砂糖林檎《りんご》の細い枝にオレンジ色の光が当たり、輝《かがや》く、いつもの穏《おだ》やかな光景がそこにはある。怪《あや》しげな気配はない。

「手紙も何もかも、もしかして、あの妖精が仕組んでいるのかな？」

体に合わないぶかぶかの男物の上衣《うわぎ》を身につけた、金の髪と金の瞳《ひとみ》の妖精を思い出す。気弱そうなおどおどした態度の妖精だったが、顔かたちは美しかった。ただ金の瞳はまるで猫《ねこ》のそれのようで、美しくはあったが、ちょっと気味の悪いもののようにも見えて——。

（あの妖精は今、どこ？）

肌《はだ》がざわりとして、思わず腕をさする。

そして同時に、強く思った。やはりこの一連のことは、放置していれば、いずれ過ぎていくようなものではないのだと。

この家にいても何かが迫《せま》ってくる。

かといってシャルが提案したように、アンだけ安全な場所に逃げ込んでどうなるだろう？　解決を全《すべ》てシャルに委《ゆだ》ねて待っていても、それがいつになるかわからない。永久に隠《かく》れているわけにもいかないだろうし、そもそも、問題はアンに絡《から》みついているのだ。アンが逃げ隠れしていれば、相手も動かない可能性が高い。じわじわと迫ってくるような今までのやり方からすれば、婉曲《えんきょく》なやり方が好みで、気長な相手なのだろうから。

男が、のろのろと顔をあげた。

「僕は、本当にギルバート・ハルフォードなのか？　君の父親なのかい？　それとも、それとはまったく別の人間なのか？　君たちには、わかるかい？」

すがりつくように問われても、首を横に振《ふ》るしかない。

「ごめんなさい。わからないです」

泣き笑いのような顔をして、男はアンとシャル、ミスリルを順繰《じゅんぐ》りに見やる。

「それで、僕はどうすればいいのかな？　君たちが望むようにするよ。なにしろ……自分のこともよくわからないから。君たちの言う通りにするしかない。出て行けと言われれば出て行くし、何かの罪状で州兵に引き渡すと言われれば、おとなしく従うし」

そう言われても「困った」というのが、アンの正直な気持ちだった。

(この人は筆跡を誤魔化さなかった。そしてシャルの記憶《きおく》の混乱と、この人の記憶がなくなっていること。似たような、変なことが起きてる)

しかも。

(この人が一連の手紙を書いたとしたら、この人は間違《まちが》いなく、ママのことを知っていたはず)

最初にヒューから渡された手紙には、生きているエマが馬車の中の作業場にいる姿を見た者しか知り得ないことが書かれていたのだ。

(もしかして……本当に、パパ？)

ちらりとシャルを見やると、彼も複雑な表情をしていた。男を信じるべきか否《いな》か、彼も迷っている。信じられる要素もあるが、疑える要素もある、と。

決断をするべきは、やはりアンだろう。一連の出来事はアンを中心にして起こっており、しかもこの男はアンの父親の可能性もあるのだ。

(この人をどうするか……)

改めて、アンはうなだれる男を見やった。

(放り出したら、ただ不安が残るだけ。またこの人が、何かするかもしれないって、不安が残る。しかも何事もなくても、パパかもしれない人を放り出したかもって、ずっと気になる)

男の悄然《しょうぜん》とした様子は芝居《しばい》とも思えない。もし騙《だま》されているのだとしても——それを覚悟《かくご》で一旦《いったん》信じてみないことには、解決の糸口が見えない気もした。

「この人が記憶を失ってしまったこと……。本当のような気がする」

ぽつりと、しかし意を決して口にした。

「記憶をなくしている人を、放り出すなんて無慈悲《むじひ》すぎる」

記憶のないこの男は、当然一文無しだ。コッセルに行けば宿屋に預けた馬があるかもしれないが、そこまで飲まず食わずでたどり着けはしない。のたれ死ぬのが落ちだ。

かと言って州兵に引き渡しもできない。彼は罪を犯《おか》したわけでもない。記憶喪失《そうしつ》で身元がわからない人だから保護してくれと訴《うった》えても、受けつけてはもらえないはずだ。親を亡《な》くした子どもたちすら保護されることなく、路上で多く命を落とすのだから。

「本当に、わたしのパパの可能性もある。だから、しばらく、わたしたちと一緒にいてもらってもかまわない？　シャル、ミスリル・リッド・ポッド？」

男を気の毒そうな目で見ていたミスリルは、「おうっ！」と元気よく応じたが、シャルはしばしの無言の後、口を開く。

「俺の監視《かんし》下に置いて、眠《ねむ》るときは拘束《こうそく》する。少しでも怪しい動きがあれば斬《き》る。それならばいい」

眠るときに拘束するのはやり過ぎな気もしたが、応じなければ、シャルは承知しないだろう。

男にふり返り、問う。

「今、聞いたとおりなんですけど。いいですか？　それで」

男が、何度か瞬《まばた》きする。

「僕が怪しまれるのは当たり前だから、眠るときにどうだろうがかまわない。でも、待ってくれ。それでいいのかい、君たち？　自分で自分のこともわからないような、怪しい僕を」

自分のことを幾度《いくど》も怪しいと口にする男に、アンは思わず噴《ふ》き出す。

（この人は本当に困惑《こんわく》してるんだ、自分に）

悪い人ではない――そんな気がした。

「でもずっと一緒《いっしょ》にってわけにもいかないだろうから、この人の身元を調べられないかな？　身元がわかって、親戚《しんせき》や家族がいたら、記憶がなくても、その人たちのところへ帰れるし」

アンの問いに、シャルは目顔で食卓《しょくたく》の上を示す。

「この男はコッセルの宿屋の、馬の預かり証を持っていた。そこへ行けば、手がかりはあるはずだ」

「じゃあ、コッセルに行こう」

決意を口にしたアンに、シャルが眉《まゆ》をひそめる。

「もしこの男の記憶も何もかも全て、あの妖精《ようせい》の仕業《しわざ》だとしたら、あいつはおまえをコッセルに呼び寄せたがっているということだ。そうしておまえを呼び寄せて、あの妖精が何を企《たくら》んでいるのか、わからない。俺がこの男と一緒にコッセルへ行って、身元を調べる。おまえは銀砂糖子爵《ししゃく》に願って、シルバーウェストル城か、ルイストンの別邸《べってい》に匿《かくま》ってもらえ」

「ううん。わたしも一緒に行く」

まっすぐ、アンはシャルを見つめた。

「危ないのはよくわかってる。でも——わたしが逃《に》げていちゃ、解決しない気がするの」

一連の出来事から、アンはそんな気がしていた。

この相手は何がなんでも、アンを引っ張り出そうとしているのだ。彼女が出てこない限りは、じっとりと周囲から不気味な圧力を、気長に、延々とかけ続ける。

「そもそもこれは、わたしに関《かか》わることよ。それなのにシャルにだけお願いして、自分は安全な場所で待ってるなんてできない。シャル一人を危険な目に遭《あ》わせられない。だから、わたしも行く。シャルほど強くはないけど、シャルがまた危なくなったら、わたしが助けられるかもしれない」

「おまえが、俺を助けるのは無理……」

と言いかける彼に、アンは微笑《ほほえ》む。

「無理じゃなかったわ、わたし。ちょっと、へまはするけど。ちゃんと夫を助けたことはあると思うの」

はっとシャルは口を閉じ、それから深く息をつく。

「そうだったな。俺は、妻に助けられた」

その様子を見つめていた男は、目を大きく見開く。

「君たちは、夫婦《ふうふ》なのか」

「はい」

ためらいなくアンは頷《うなず》く。

「彼は夫のシャル・フェン・シャル。そして友だちの、ミスリル・リッド・ポッド。あなたのことは……とりあえずギルバートって呼びますけど。いいですか？」

「それは、かまわないが」

アンは微笑む。

「あなたが誰《だれ》なのか調べるために、一緒にコッセルに行きましょう。ギルバート」

肩《かた》をすぼめて小さくなる、温和そうな男を観察しながら、シャルは冷静に、もはや覚悟を決めるべきなのだろうと考えていた。

(もし、アンを安全な場所に匿い、俺がその間にこの男の身元を調べ、一連の出来事の真相を探《さぐ》ろうとしても——不可能かもしれない)

当初は、ギルバートを名乗る手紙が届けられるのみで、こちらから手を出さなければ実害はないとさえ思えた。無闇《むやみ》に手紙の主の正体を探ろうとせず、無視して家に帰れば、何事もなく事は過ぎ去ると、アンも考えていたようだ。

しかし家に手紙が届けられ、さらにこの二度目の手紙。しかもギルバート本人とおぼしき男自身が、手紙を届けに来た。

シルバーウェストル城のような安全な場所にアンを匿ったとしても、彼女も言ったようにそれは一時的なことで、永久に彼女を閉じ込めておくわけにはいかない。

改めて、男のしょぼくれた姿を眺《なが》める。とても芝居とは思えず、やはり記憶《きおく》がないというのは事実なのかもしれない。

(記憶を操《あやつ》られているとしたら、背後にいるのがあの金の妖精か)

シャル一人があの妖精に近づき、彼女を捕《と》らえ目的を暴《あば》くのは不可能だろう。

不可解な手紙を送り続け、じわじわとアンに迫《せま》ってくるほどに、相手は用心深い。シャル一人が動いていれば、あの妖精は身を引いて姿を消す。そしてしばらくなりを潜《ひそ》め、もう何事も起こらないと判断してアンが安全な場所から戻《もど》ってくると、再び動き出す。

そんなことを繰《く》り返すはずだ。

ギルバートをこうして捕らえられたことも、罠《わな》かもしれない。この男を捕らえさせ、正体を探らせようとして、結局はコッセルへと導く罠。

是《ぜ》が非でも相手は、アンをコッセルに向かわせたいのだ。

(だとしてもこの罠にかかる必要が、あるのかもしれない。事を終わらせるためには)

避《さ》けていては、罠はアンの周囲にうごめき続ける。

罠の先に、何があるのか。それをどうやって、抜《ぬ》けるのか。今考えるべきは、それだ。

(このギルバートの言動も、無論信じ切ってはならないが。最も警戒《けいかい》すべきは、あの金の妖精)

触《ふ》れただけでシャルの記憶を混乱させ、窮地《きゅうち》に陥《おとしい》れた金の妖精は、非力ではあるが危険な相手だ。

(厄介《やっかい》な敵だ。危険で執拗《しつよう》で、辛抱強《しんぼうづよ》い)

二章　コッセルへ

「コッセルは……僕が死んだ土地ってことだよね」

銀砂糖子爵ヒュー・マーキュリーから届いた手紙を手にした男――ギルバートは、複雑な表情で、隣《となり》に座るアンを見やった。

その手紙を受け取った一昨日《おととい》から、ギルバートは何度も手紙を読みたがり、読んでは嘆息《たんそく》するのを繰り返している。

手綱《たづな》を握《にぎ》って馬車を操りながらアンは、ははっと乾《かわ》いた笑いを返す。

「ですよね。そういうことに、なるかもですね」

アンが操る箱形馬車は、コッセルへ向かっていた。

御者台《ぎょしゃだい》には手綱を握るアンと、隣にはギルバート、さらにミスリルがいた。シャルは、この旅のために借りた青毛馬に騎乗《きじょう》し、馬車と並んで歩を進めている。

「僕は、本当に誰なんだろう」

ため息とともに呟《つぶや》く男の膝《ひざ》を、ミスリルがぽんぽん叩《たた》く。

「元気出せよ、おっさん。自分が誰だろうが、自分だろ？　生きてるだけで幸せじゃないか」

「ありがとう。それは、そうかな。僕は実際、生きてるんだから」

適当なミスリルの励《はげ》ましにも、ギルバートは笑顔《えがお》を返す。

馬上のシャルが、ギルバートの横顔を見やった。彼はまだギルバートのことを警戒《けいかい》していたが、当初よりは幾分緊張感《いくぶんきんちょうかん》が和《やわ》らいでいる。

夜眠《ねむ》るときは、シャルは遠慮《えんりょ》なくギルバートの手足を縛《しば》っていたが、昼間は近くにいて、おかしな動きがあればすぐに対処できる距離《きょり》を保っている。

今でも随分《ずいぶん》警戒しているようだが、これでも当初より、対応が緩《ゆる》くなっているのは確かだ。ギルバートがやってきた最初の五日間、シャルは昼間でも、ギルバートに腰縄《こしなわ》をつけた。とんでもない重犯罪人あつかいだが、ギルバートは仕方がないといったふうに抵抗《ていこう》もせず、従った。

（ギルバートがこんな感じだから、緊張も続かないかも）

ミスリルが、「この世の楽しみは、芝居《しばい》と温めたワインだ」「それだけあれば自分の名前なんか忘れても幸せでいられる」と力説するのを、ギルバートはうんうんと頷きながら聞いている。ミスリルの人生観を真剣《しんけん》に聞いてしまうところに頼《たよ》りなさは感じるが、同時に、すこぶる人が良さそうだ。

ふっとアンは思い出した。昔、エマが口にした言葉を。

――優《やさ》しくて、ちょっと気が弱かったわ。ちょっとしたことで、すぐに泣くのよ。

あれは幼い頃《ころ》、自分にも父親はいたのかとエマに訊《き》いたときのことだ。エマはアンの父親のことを、そう語った。

エマが語ったギルバート像と、隣にいる男は似ている気がする。

（この人は、ママを知らなければ書けないことも手紙に書いた。だったら……もしかして）

しかしすぐにはっとし、気を引き締《し》めて手綱を握りなおす。

（でもシャルもまだ、用心してる。この人が何者なのか確証を得られるまでは、信頼《しんらい》してはいけない）

ギルバートがアンの家に現れてから七日後、アンたちはギルバートを連れてコッセルへ向けて出発した。

旅に出て、今日が二日目。

目的地であるコッセルは、ロックウェル州の州都ヒールバーグに次ぐ、州内二番目に大きな町。おなじロックウェル州の町でも、かつてアンが仕事をした王家の直轄《ちょっかつ》地、港町フィラックスとは、地図上で見るだけでも、町の様相は随分違《ずいぶんちが》うだろうと想像できた。

ビルセス山脈ほど険しくはなくとも、越《こ》えるのに半日は必要な山並みに囲まれた、山間に生まれた町がコッセルだ。

ルイストン近郊《きんこう》のアンの家から馬車で行くには、四日は必要。

ただコッセルへ続く道は比較《ひかく》的安全で、所々に宿場として発展した集落がある。

大量の食料や水を準備する必要はないが、かといって馬車の整備は念入りにするべきだし、いざというときの食料や水を用意しておくのは旅の鉄則。天候や道の状況《じょうきょう》により、あてにしていた宿場にたどり着けないことは、ままある。

旅の準備には数日が必要で、その間にアンは、ヒューに手紙を出した。

亡《な》くなったとされているアンの父親ギルバート・ハルフォードは、間違《まちが》いなく死んでいるのか再度問い合わせるのと同時に、ギルバートとコッセルという町に、何らかの関連があれば教えて欲しいと手紙に綴《つづ》った。

ヒューからの返事が届くと、それを手にしてアンたちは旅に出たのだ。

ギルバートが読み返しては嘆息しているのは、そのヒューからの返事だ。

「死人にしては、場所をとる」

馬上でシャルがぼそりと言うと、ギルバートが小さくなる。

「すまないね、シャル。本来なら君が、ここに座りたいだろうに」

「シャル。意地悪は、ちょっと」

アンがたしなめると、彼は前を向いたまま、すました顔で言う。

「事実を言っただけだ」

致《いた》し方ないとしても、アンの隣を奪《うば》われたのが、シャルは面白《おもしろ》くないらしい。

(まあギルバートが死んでるっていうのは、ある意味事実なんだけど)

ヒューから届いた返事には、ギルバートとコッセルの関《かか》わりについて書かれていた。調べたところによれば、コッセルはギルバート・ハルフォード終焉《しゅうえん》の地なのだそうだ。

ギルバートは王国西部のキャリントンという町の出身だが、亡くなったのがコッセルらしい。十七年前のチェンバー内乱のおりに町を巻き込んだ戦《いくさ》があり、家々が焼け、多くの庶民《しょみん》が犠牲《ぎせい》になった。ギルバートもその一人だという。

国教会に保管されている、市街戦の犠牲者名簿《めいぼ》にはギルバート・ハルフォードの名があるそうだ。

しかし戦の後の混乱で、墓がどこにあるのかはわからない。普通《ふつう》であれば国教会の墓地に埋《まい》葬《そう》されるはずだったが、犠牲者名簿に名があっても、埋葬者名簿に名がないのだ。そういった例がいくつもあるのだという。

ギルバートが内戦で亡くなったというのは、アンの聞いた、エマの話と符合《ふごう》する。

ヒューからの手紙と、アンの話を聞いて、アンたちが仮にギルバートと呼んでいる彼は、かなり落ちこんだらしい。ギルバートが死んでいるならば、自分は何者か、と。

そして出発からこっち、度々《たびたび》ヒューの手紙を見ては嘆《なげ》く。

(この人は不思議だな。わたしとシャルが結婚《けっこん》してるって聞いて、驚《おどろ》いてたけど、不可解そうにはしなかった)

結婚していると聞いて驚いた様子だったのは、子どものように見えるアンが人妻だということに驚いたようだった。夫が妖精《ようせい》だということに、こだわりはなさそうだ。

記《き》憶《おく》を失っているとはいえ、世情や世間の常識など、生活に必要な知識は残っているらしいので、妖精の立場などを理解しているにもかかわらず、彼は気にしていない。

(記憶喪失《そうしつ》なんて特殊《とくしゅ》な状況だから、他人のことが気にならないだけかな？)

生きるための知識はあり、ものごとは理解できているのに、自分自身のことだけがわからない。それはとても不安なことだろう。人のことに、かまけてはいられないかもしれない。

「それにしても、この馬車で来る必要あったのか？　馬を一頭借りるくらいなら、四人乗りの中型馬車を借りればもっと乗り心地《ごこち》いいのになぁ」

ミスリルは伸《の》びをして首を回しながら、すこし不満そうだ。

「うん、それも考えたけど。せっかくコッセルに行くなら、そこでも商売しようかと思って。ヒューの手紙にあったの。コッセルには十七年前の戦の犠牲者を弔《とむら》う日が、あるんですって。だったら砂糖菓子《がし》の需要《じゅよう》は、あるだろうし」

「アンはやっぱり貧乏性《びんぼうしょう》だな」

「商売上手と言って、どうせなら」

「上手じゃ、ないぞ？　基本いつも貧乏だし」

事実を指摘《してき》され、がっくりとアンは肩《かた》を落とす。

「ま、ね。確かに」

「本当に申し訳ないね、アン」

ギルバートは目を伏《ふ》せる。

「僕が実の父親ではないとしたら、赤の他人の、しかも、君たちに妙《みよう》な手紙を送りつけて、迷《めい》惑《わく》をかけていたかもしれない僕のために、コッセルまで行くことになる。仕事の都合もあるだろうに」

アンは顔をあげた。

「いいんです。どのみち、ギルバートさんと一緒《いっしょ》にいた妖精のこともあるので、いずれはっきりさせなくちゃ、安心できないですし。しかも、まだ、ギルバートさんがわたしのパパの可能性もあるし」

「どうしてだい？　調べてもらったら、死んでいると」

「犠牲者名簿と埋葬者名簿も随分《ずいぶん》いい加減なようだから、間違っている可能性も大きい。戦の後で混乱した状況で、取り違《ちが》えなんかは多かったと思うんです。それに」

アンはちらりと、御者台《ぎよしやだい》から荷台の方へ目を向けた。

「ギルバートさんが書いた手紙には、ママがこの場所で働いている姿を知らなければ書けないことが、書かれていたんです」

ギルバートは、何度か瞬《まばた》きしてアンを見つめた。

「そうなのかい？」

「はい。ですからまだ、色々な可能性があります。だからコッセルへ行って、十七年前のことを知っている人を探したり、ギルバートさんやママを知ってる人を探したりして、ギルバートさんが本当にわたしのパパなのか、それとも全然別の人なのか、調べます。そしてギルバートさんのことがわかれば、一緒にいた妖精が何者なのかも、手がかりがあるだろうし」

自分を鼓舞《こぶ》するように、アンは頷《うなず》く。

「あやふやな、よくわからないことがあって、わたしたちの生活が乱されたり脅《おびや》かされたりするのは、嫌《いや》なんです。わたしは、わたしの大切な、今の幸せを守りたいんです。だからってシャルにばかり頼《たよ》るのじゃ、一方の負担ばかりが大きくなって、幸せも長く続けられないと思うんです。だからわたしは――コッセルに行きます。わからないことを調べて、見つけて、解決します」

言いながらギルバートを見やると、目が合う。すると彼が、目元をくしゃっとさせて微笑《ほほえ》む。

「君のような子が娘《むすめ》なら、きっと誇《ほこ》らしいだろうな。銀砂糖師になって、仕事をして、家を構え、自分でしっかりと自分の幸せを守ろうとして生きてる。君の亡くなったお母さんは、君のことが誇らしいと思うよ」

慌《あわ》てて、アンはギルバートから視線をそらす。

「あ、ありがとうございます」

胸の中が不意に温かものでいっぱいになり、鼻の奥がつんとした。

る。

（はじめてかも……ママが死んでから）

職人として、友として、伴侶《はんりょ》として、アンは色々な人から、沢山《たくさん》の嬉《うれ》しい言葉をもらっている。

だが母親のエマが亡くなってからは、親としてアンに言葉をかけられる人は、この世からいなくなっていた。しかし他《ほか》に沢山の人がいて、沢山の言葉をもらえるので、特に気にしてはいなかったのだが――こうして不意に親の言葉に似たものを聞くと、自分の中にある、やわらかな子どもの部分が震《ふる》える。

ギルバートに気を許し過ぎてはいけないとわかっていながら、彼の言葉は嬉しかった。

（パパって……もしいたら、きっと。こんな感じなんだ）

馬上からアンとギルバートのやりとりを眺《なが》めながら、シャルは判断に迷っていた。

昼間の腰縄《こしなわ》を解いたのは、ギルバートが思った以上に力が弱く、素早《すばや》さにも欠けるので、彼が何事か行動を起こしてもすぐに対処できると踏《ふ》んだからだ。信頼《しんらい》したからではなかった。

だがここ数日一緒に過ごすうちに、彼が記憶を失っていること、そしてこの穏《おだ》やかな性質が、芝居《しばい》とは思えなくなっていた。

脳裏《のうり》に浮《う》かぶ、金の瞳《ひとみ》と金の髪《かみ》の妖精。おどおどこちらを見た、いやに怯《おび》えた表情。あの妖精はシャルの記憶を混乱させたのだから、記憶を消す能力があるかもしれない。そんな気もしたが、一方では、それも不可解だと思うのだ。

記憶を混乱させることと消すことは、記憶という共通点はあれど、作用はまったく違う。一人の妖精が、記憶に関していくつもの能力を持ち得るだろうか、と。鋭《するど》いものを作り出す貴石の妖精にしても、作り出せる形は定まっているのに。

進む道幅《みちはば》は広くなく、馬車と馬が並ぶとそれだけでいっぱいだった。道の左右は刈《か》り入れが終わったばかりの麦畑。対向の馬車が来たらかわすための広場が、道の脇《わき》の所々に整備されている。

のどかな風景を見渡《みわた》し、ふと、麦畑の向こうに視線が止まった。

木が一本立つ小さな丘《おか》の上に、金色の何かが見えた気がした。

はっとし、身構えた。しかし瞬《まばた》きひとつした直後に、色は消えていた。

(見間違《みまちが》い……何かの反射か？)

木に寄り添《そ》うように、あの金の妖精の姿があったような気がしたのだが、錯覚《さっかく》だったのだろうか。

嫌な予感がする。

コッセルに向かうアンを守れるだろうか。そう考え、同時に、自分の身の危《あや》うさも思う。シャルは一度、あの金の妖精に翻弄《ほんろう》されている。

そして——危うかったシャルを救ったのはアンだ。

ふと気づく。

(そうか。守れるか……ではないかもしれない)

馬車を操《あやつ》るアンを見やる。出会った頃《ころ》に比べて髪色は艶《つや》やかになり、細いばかりだった体には、今は女らしいしなやかさがあった。

こうして変わっていくことが、人の美しさであり、強さだ。

(アンとともに、二人で、今の幸福を守ることを考えなければならないかもしれない。二人であり続けるために)

アンは確かにシャルとともにあり、ともに幸福を守るための力がある。少しずつ、そんな気はし始めていた。


陽《ひ》が落ちるすこし前に、宿場に到着《とうちゃく》した。

コッセルまでの道程の半ばにある宿場で、簡素な宿と酒場が一軒《いっけん》ずつと、馬車の修理を請《う》け負《お》い、ついでに替《か》え馬をあつかう馬車屋。さらには雑貨を商《あきな》う店。こぢんまりした宿場だが、こうした宿場があるおかげで、旅人は野宿を強《し》いられなくてすむ。

長屋のように、外廊下《ろうか》伝いに部屋が連なる宿屋に部屋を取った。ルイストンにあるアンの常宿、風見《かざみ》鶏亭《どりてい》のように食堂が併設《へいせつ》された宿ではない。食事は、宿場の真ん中にある酒場でとるのが、この宿場のやりかたらしかった。

宿を取ってすぐ、連れだって酒場へ向かう。あまり遅《おそ》くに向かうと、酔《よ》った連中が増えるので面倒《めんどう》に巻き込まれやすい。ことにシャルのように美しい妖精《ようせい》と一緒にいると、失礼な発言をする者もいる。さっさと食事を済ませるつもりだった。

「ここの名物は、何かなぁ。俺様好みの香《かお》りの食べ物があれば、最高なんだけど」

うきうきした顔で、ミスリルはアンの肩《かた》に座っている。

雨が少ないこの時季、酒場の周囲の地面は乾燥《かんそう》していた。夕風に砂埃《すなぼこり》が舞《ま》って、斜陽《しゃよう》に照らされている。薄煙《うすけむり》のような砂埃に顔をしかめながら突《つ》っ切り、中に入る。

扉《とびら》の正面、最奥《さいおう》にカウンターはあるが、酒瓶《さかびん》などはほとんど並んでおらず、酢漬《すづ》けの野菜や乾燥した豆を入れているとおぼしき瓶が、棚《たな》の端《はし》にまとめて置かれていた。

四人がけのテーブルが、六つ。開かれた窓から夕陽《ゆうひ》が射《さ》しこんで、まだ活気のない酒場の中を寂《さび》しげに照らしている。

カウンターの奥には老女が一人座っていた。客は、窓際《まどぎわ》のテーブルに男が一人だけ。

「いらっしゃい」

椅子《いす》から立ちあがりもせずに無愛想《ぶあいそう》に声をかけた老女に、アンは訊《き》く。

「食事ができますか？　わたしたち、四人」

老女が、目をすがめる。

「妖精も一緒《いっしょ》にかい」

「エドモンド二世陛下と妖精王の誓約《せいやく》は、ご存じですか？」

静かに告げると、老女はふんと鼻を鳴らす。

「近頃《ちかごろ》、時々そんなことを言う、生意気な若造がいるね。まあ、いいさ。好きな場所に座りな。食い物は、パンと、野菜と豆のスープしかないよ」

お願いしますと頭をさげて、アンはシャルとミスリル、ギルバートとともに、先客のいるテーブルから少し離《はな》れた窓際の席に腰《こし》を落ち着けた。

老女は大儀《たいぎ》そうに立ちあがり、カウンターの奥にある扉へ消える。料理を準備しに行ったのだろう。

「パンとスープだけかぁ。スープも野菜と豆のスープって言ってたなぁ。ありきたりだな。この辺りの特産品とか、楽しみにしてたのに」

不満げなミスリルを、まあまあと、アンはなだめる。

「温かいものが食べられるだけ、ありがたいわよ」

「だって土地の名物を食べられるのが、旅の醍醐味《だいごみ》なんだぜ。それがないんじゃな、何のために旅に出るんだか」

「おまえの旅の目的は、食い物か。羨《うらや》ましいほどお気楽だな」

シャルは頬杖《ほおづえ》をついて窓の外に視線を向けつつ、呆《あき》れた声を出す。

「なんにでも楽しみって必要だろうが」

「いいこと言うね、ミスリルは」

ギルバートは眉尻《まゆじり》をさげ、褒《ほ》める。表情から、彼が本気で褒めているらしいとわかり、アンはびっくりした。このギルバートという男も、結構な楽天家かもしれない。

「おっ、わかってるな、おっさん。食いたかったなぁ、この土地の名物……」

「食べるかい？」

遠くから、不意に声がかかった。声の方向にアンも含《ふく》め、全員の視線が向く。

声をかけてきたのは、先客の男だった。近隣《きんりん》の農民らしい、畑仕事の帰りといった感じの服装をしており、自分のテーブルから、にこにこと笑顔《えがお》でこちらを見ていた。彼の手には、枯《か》れ枝《えだ》に皺《しわ》くちゃになった小さな木の実が鈴《すず》なりになったものが握《にぎ》られていた。何かの果物を、枝ごと収穫《しゅうかく》して乾燥させた食べ物らしい。

ひげ面《づら》の農民風の男は、日焼けした顔でふわっと笑う。

「乾《ほ》し茱萸《ぐみ》という、この辺りでよく食べられているものだよ。乾し葡萄《ぶどう》よりも、甘いぞ」

「いいのか⁉」

ミスリルがぴょんとテーブルの上で跳《は》ねるが、その頭を、シャルの指が押さえ込む。

「待て」

見れば、シャルは鋭く、微笑《ほほえ》む先客を睨《にら》みつけている。酷《ひど》く警戒《けいかい》した色が目にあった。

「シャル？」

アンが、どうしたのかと問うように囁《ささや》くと、彼は細い声で答えた。

「どこか……気になる」

「どこが？」

「わからん。だが、何かが引っかかる」

その会話が交《か》わされている間に、先客の男は、

「なあ、これを、あそこの旅の人に持って行ってくれよ」

と言って、自分の右肩《みぎかた》の辺りに顔を向けた。すると男の体の陰《かげ》から、ひょこりと小さな妖精が姿を現した。

大きさは、ミスリルと変わらないほどだろうか。ほっそりとした体つきの美しい少女の姿をした妖精で、背に流れる髪《かみ》は銀色の輝《かがや》きがある白。小さな瞳《ひとみ》が、きらきらと小粒《こつぶ》の宝石のようで、その色は紫紺《しこん》。

「はい」

妖精の少女は微笑むと、男の手から枝を受け取り、背にある片羽をゆるく羽ばたかせ、幾《いく》つ

かのテーブルの上に軽《かろ》やかに跳躍《ちょうやく》し、アンたちのテーブルに降り立った。

彼女がテーブルに降りた瞬間《しゅんかん》、ふわっと甘い香りがした。

ミスリルは目をまん丸にして、妖精を見つめている。

「どうぞ。わたしの主人からです、受け取ってください」

言いながら妖精は、一番近くに座っていたギルバートの手に触《ふ》れた。

「あ、ああ。わかった」

ギルバートは差し出された小枝を受け取る。

妖精は微笑みながら、アンとギルバート、シャルとミスリルを順繰《じゅんぐ》りに見回す。

「旅の方ですね。どこからいらしたの？」

「ルイストンの近くから来たの。あなた、この近所に住んでるの？」

「はい。すぐ、近くに」

「俺はミスリル・リッド・ポッドって言うんだ！　よろしくな」

ずいと、ミスリルが妖精の視界に割り込んできた。彼女はわずかに目を見開き、少し驚《おどろ》いた様子だったがすぐに微笑み返す。

「元気なのね、あなた。よろしく。わたしは、セラ・スーリア・ファム」

妖精が名乗ると、シャルが眉《まゆ》をひそめた。彼の表情がなぜなのかわからず、アンは内心首を傾《かし》げる。

「帰るぞ」

不意に、先客の男が立ちあがった。彼はテーブルを離れると、アンたちに目もくれず、すたすたと歩き出す。行動の突飛《とっぴ》さに、アンはぎょっとした。

（え？　突然、どうしたの？）

こちらにわざわざ声をかけ、笑顔で乾し茱萸を渡《わた》してくれたのに、急に不機嫌《ふきげん》になったかのようだ。セラと名乗った妖精が、ちらっと男の方を見てから、アンたち全員に向かって優雅《ゆうが》にお辞儀《じぎ》する。

「じゃあ。わたしは、これで。お邪魔《じゃま》しました。またお目にかかりましょう」

そう言うと、ひらりと飛びあがり、今しも扉から出て行こうとしている男の肩に飛び乗った。

「あ、あの！　乾し茱萸ありがと……」

礼を言おうとアンは慌《あわ》てて腰をあげたが、男はこちらを一顧《いっこ》だにせず、出て行く。

アンは唖然《あぜん》とし、ミスリルも首を傾げる。

「お礼を言う前に……行っちゃった」

「なんだ？　あの男」

先刻からシャルの表情が険しいままなのに気づき、アンは再び腰を下ろしながら問う。

「どうしたの？　シャル」

「あの男の行動も妙《みょう》だが、あの妖精も妙だ」

「確かにあの男の人は、ちょっと行動が突飛な感じだけど。妖精《ようせい》も？　なんで？　礼儀正しくて、可愛《かわい》らしかったけど」

「あいつは名を訊かれて、妖精の名を名乗った。使役《しえき》されているにもかかわらず、使役者がつけた名を名乗らなかった」

「それって変なことなの？　妖精同士だから、妖精の名を名乗ったのかも」

　ミスリルが、ぽんと手を打つ。

「わかった。反抗《はんこう》心だ。あの妖精は、あの使役者が大嫌《だいきら》いで、あいつのつけた名前なんか名乗りたくないんだ」

「反抗すれば、罰《ばつ》を食《く》らうかもしれないのにか？　それにあの妖精。別れ際《ぎわ》、なんと言った？」

「なんか変なこと言ってたか？」

「またお目にかかりましょう、と言った。また、と。偶然《ぐうぜん》酒場で顔を合わせた旅人とは、二度と会うことはないはずだ」

「ただの決まり文句だろう」

「そうかもしれないが、気になった」

　シャルとミスリルの会話を聞いていると、胸の中にちりちりと、嫌《いや》な感じがくすぶった。

（なんだろう。違和感《いわかん》って言うのかな。何かが少しずつ、おかしいような）

　ミスリルはテーブルの横の窓枠《まどわく》に飛び乗り、腰かけると、腕組《うでぐ》みをしてむむっと唸《うな》る。

「またお目にかかろうなんて、無意識に言いそうなことだから俺様は気にならないな。でも、妖精の名を名乗ったのは、気になるなぁ。罰を受けても人間につけられた名前を名乗りたくないほど嫌なんだと思うんだ、俺様は。あの男の機嫌《きげん》が悪くなったのは、セラ・スーリア・ファムが、妖精の名を名乗ったからじゃないかな。うんうん。そうに違《ちが》いない。あんな変な男に使役されて、可哀想《かわいそう》だな。酷い目に遭《あ》ってなきゃ……っ！」

と、言いかけたミスリルの声が途切《とぎ》れた。それどころか、彼の姿が忽然《こつぜん》と窓枠から消えていたのだ。

「わぁっ！」

「ミスリル・リッド・ポッド!?」

ミスリルの悲鳴がして、アンは咄嗟《とっさ》に、彼がバランスを崩《くず》して窓から転げ落ちたのだと思ったが、

「放せ！　この野郎《やろう》、放せ！」

必死に抵抗《ていこう》するような声が続く。

「どうしたの!?」

アンは血の気が引き、腰《こし》をあげてテーブルに手をつきながら窓の外を覗《のぞ》こうとした。

「アン、おまえはここを動くな！」

言うが早いか、シャルはアンを押しのけて立ちあがり、窓枠に足をかけ、外へ飛び出してい

た。

ようやくアンは、理解した。窓枠に座っていたミスリルを、誰《だれ》かが窓の外から引っ張り下ろしたのだ。

「シャル！」

椅子《いす》を迂回《うかい》して窓へ近づき、枠から身を乗り出して外を見た。

酒場の前の広場にはオレンジ色の光が満ちて、砂埃《すなぼこり》が舞《ま》っている。それを突《つ》っ切るシャルの姿と、少し先を走る農民風の男の姿。先刻酒場から出て行った、あの男だ。

男の手に握《にぎ》られ、もがいているのは、ミスリル・リッド・ポッド。

「シャル！　斬《き》っちゃだめ！」

必死に叫《さけ》んだ。人に危害を加えた妖精は、危険と見なされ狩《か》られるのだ。エドモンド二世と妖精王の誓約《せいやく》によって王国の法が変わったと雖《いえど》も、酒場の老女の対応を見てもわかるように、国民の多くの認識《にんしき》は以前とほとんど変わっていない。身近な者が旅の妖精に傷つけられたら、それだけで近隣《きんりん》の者はシャルを狩ろうとするだろう。

シャルが男に飛びかかり、背を突き飛ばした。男は地面に倒《たお》れ込むが、握ったミスリルを放そうとしない。シャルは倒れた男に摑《つか》みかかる。

窓枠を摑んだアンの手に力がこもった。微力《びりょく》ながらも、自分も助っ人に行くべきだと判断してふり返ると、ギルバートが目の前に立ちはだかっていた。

「ギルバートさん！　一緒《いっしょ》に……」

一緒に来て力を貸して欲しい。そう口にしようとしたが、声が途切れてしまった。

ギルバートの表情が、おかしかった。アンを見つめているのだが、瞳《ひとみ》にまるで感情がない。人形のような無表情は、今までの彼ではない。

咄嗟に彼から逃《に》げ出したくなり、傍《かたわ》らをすり抜《ぬ》けようとしたが、二の腕《うで》を掴まれた。

「放して！」

力一杯《ちからいっぱい》ギルバートの胸を両手で突くと、彼の痩《や》せた体がぐらつく。

（これなら！　逃げられる）

向こう臑《ずね》を蹴《け》り上げてやろうとした、その時。鼻先に枯《か》れ枝《えだ》が突きつけられた。それはあの農民風の男がよこした、乾《ほ》し茱萸《ぐみ》の枝だ。そこから漂《ただよ》う香《かお》りに、視界がぐらっとした。

（え……？）

ギルバートの爪《つめ》が、乾燥《かんそう》した木の実をえぐっていた。強い香気《こうき》が立ちのぼり、吸った息とともに喉《のど》の奥に入り込み、粘《ねば》つくような感覚。

膝《ひざ》が崩れた。

意識が遠のく。

「放せ、放せ、この野郎！」

叫びながらミスリルは、自分を握る男の手に齧《かじ》り付く。男は呻《うめ》き、土の上を転がるが、手は放さない。

シャルは男の手首をブーツの底で踏《ふ》みつけた。さすがに男の力は緩《ゆる》み、ミスリルが飛び出す。そのままミスリルは地面をころころっと転がり、四つん這《ば》いになって荒《あら》い息をつきながら顔をあげる。

シャルは地面に膝をつき、男の胸《むな》ぐらを摑む。

「何のつもりだ、いったい何を……」

と、問いかけた声が途中で途切れたのは、相手の様子が妙だからだ。頰《ほお》にできた擦《す》り傷《きず》から血を流しながら、男はぼうっとシャルを見ているのみだ。最前まであれほど抵抗していたにもかかわらず、魂《たましい》が抜けたようにただ目を開いている。

ミスリルがよろよろと立ちあがり、シャルの傍らに近寄ってきた。

「シャル・フェン・シャル。こいつ、変じゃないか？」

さらにミスリルは辺りを見回し、男を睨《にら》みつける。

「それに、おい！　おまえが使役してる、あの人はどうしたよ。セラ・スーリア・ファムはどこだ」

「……帰った」

静かに男が口を開く。

どこかで馬がいななき、それに続いて駆《か》け出すような蹄《ひづめ》の音が響《ひび》く。何だろうかと思ったが、目の前の男から注意をそらすことはできなかった。

男は淡々《たんたん》と続ける。

「セラ・スーリア・ファムは帰った。おまえの妻も、一緒に」

「妻？」

眉《まゆ》をひそめた瞬間《しゅんかん》、はっとした。

(アンがまさか⁉)

先刻耳にした、唐突《とうとつ》な馬のいななきと蹄の音。あれは、なんだったのか――。

男を突き放すと立ちあがり、駆け出す。

「えっ⁉　シャル・フェン・シャル。どうした」

跳躍《ちょうやく》したミスリルが、シャルの肩《かた》に乗った。シャルは呻く。

「しくじった。アンだ」

ミスリルも息をのむ気配がした。

酒場に駆け戻《もど》り、扉《とびら》を開く。

「アン！」

酒場の中には、誰もいなかった。見回すとカウンターの奥の扉が半分開いている。中へ駆け込《こ》みカウンターを飛び越え、扉を開く。

そこは厨房《ちゅうぼう》だった。竈《かまど》が左手に並び、奥には井戸《いど》がある。井戸の隣《となり》の、裏口らしき扉も開いていた。扉の傍らには老女がへたり込んでいる。

「俺の連れは、どうした⁉」

老女は、震《ふる》えながら首を横に振《ふ》った。

「連れのひげ面《づら》の男が、一緒にいた女の子を抱《かか》えて出て行った。気を失ってたよ。何をしてるんだって怒《ど》鳴《な》ったら、突き飛ばされて……」

拳《こぶし》を握った。

「やられた。ギルバートか……！」

ミスリルが早口でまくし立てる。

「そんな、そんなこと信じられないぞ！　あのおっさん、悪い奴《やつ》じゃなかった。記憶《きおく》がないのも、あのぼんやりとした様子も、絶対に芝居《しばい》じゃなかったぞ！　そんなことするもんか」

「だが、奴がアンをさらった！」

苛立《いらだ》つシャルの気配に圧倒《あっとう》され、ミスリルが口をつぐむ。

(なぜ、こんな油断を)

歯ぎしりするほどに、己《おのれ》の気の緩みが悔《くや》しい。シャルは、ギルバートを警戒《けいかい》していた。だがミスリルが言うように、ギルバートの様子が芝居とは思えなかったのも確かだ。だからこそ隙《すき》ができたのだ。

苛立ち、焦《あせ》り、裏口から外へ出ると、足が止まった。

先刻、ミスリルを捕《つか》まえて逃げだそうとした農民風の男が、目の前にいたのだ。回り込んで裏口までやってきたらしい。

頬の擦り傷から血を流しているし、シャルに踏みつけられた手首は無残なほどに腫《は》れあがっていた。それでも男は無表情にそこに立ち、シャルに対峙《たいじ》した。

(こいつは……なんだ?)

男は異様なほどに落ち着き払《はら》っている。強い信念があるかのように。

「おまえの妻のいる場所へ、案内する。来てくれ」

「何?」

「危害は加えない。おまえの妻にも、おまえたちにも、危害を加えない。約束する」

「どこへ行く」

淡々と、男は答えた。

「楽園」

「楽園？」

シャルは鼻で笑う。

「なんの冗談《じょうだん》だ、貴様」

ふつふつと怒《いか》りが湧《わ》く。してやられたことに、怒りが身内で煮《に》えたぎっていた。身構えるシャルに向かって、男は恐《おそ》れげもなく平然と繰《く》り返す。

「案内する。危害は加えないと、約束する。来てくれ」

「おまえは、何者だ？」

「楽園の協力者だ」

ゆっくりと、男がきびすを返す。そこから数歩歩み出し、一旦《いったん》立ち止まり、ふり返る。

「来てくれ。案内する」

男がまた前を見て歩き出す。シャルは意を決した。

(行くしかない)

踏み出したシャルの髪《かみ》を、ミスリルが引っ張る。

「おい、行くのかよ。シャル・フェン・シャル。罠《わな》かもしれない……ってか、絶対罠だろう!?」

「罠でも行くしかない」

罠を恐れ、自力でアンを見つけ出そうとしても、相手の目的も正体もわからないのだから、闇雲《やみくも》に歩き回る以外は手がない。これほど周到《しゅうとう》に罠をかける者たちを、易々《やすやす》と見つけられはしないだろう。

「金の妖精《ようせい》、ギルバート、この男、この男が連れていた妖精。少なくとも四人、俺たちの前に姿を現しているが……それだけとは思えない」

歩みながら、シャルは口にした。

「どういうことだ？」

「あの男は楽園と言ったが、楽園とやらの仲間が、たった四人か？　こうして俺たちを罠にはめるのには、ギルバートと、この男と、この男の連れていた妖精の他《ほか》に、俺たちの旅程を監視《かんし》する者が必要だ。それがあの金の妖精だとしても、あの金の妖精一人で、俺たちの旅程を見張り、仲間に知らせに走れるとは思えん。他に、旅程を仲間に知らせる者が必要だ。最低二人。一旦連絡《いったんれんらく》に走った者が戻る前に、旅程は進んでいるから、その間に進んだぶん、仲間に知らせに走る者が必要だからだ。ここまでの旅は二日。一日一人としても、二人は必要だ。ただ移動の距離《きょり》を考慮《こうりょ》すれば、もっと必要かもしれない」

「てことは？」

「こいつらの仲間は、四人どころじゃない……」

シャルの言葉に、ミスリルがぶるっと身を震わせる。

（アン）

妻を奪《うば》われた、怒りと苛立ちと悔しさで、目の前を歩む男の背を斬《き》りつけたい衝動《しょうどう》に駆られるが、堪《こら》えた。

しかし――シャルもアンも、罠にはまらなければ解決しないこともあると覚悟《かくご》して旅に出た。

そしてアンは、自分がシャルに守られるだけをよしとせず、ともに来た。実際シャルは、彼女がいることで窮地《きゅうち》を脱《だっ》することもできたのだ。そんな強さや能力を信じずに、ただひたすら守ろう、匿《かくま》おうとするのは、彼女への侮《あなど》りでもある。

だからシャルも、覚悟をしてアンと同行した。

連れ去られはしたが、けっしてアンは、ただ泣いてシャルの助けを待っているだけではないはずだ。自分ができることを考え、何かしようとするはずだ。彼女は自分自身も助けようとしているはずだった。

だからシャルは、無闇《むやみ》に焦ってはならないのだろう。

(アンは、怯《おび》え、泣いているだけではないはずだ)

それを思い、冷静になろうとした。

シャルの妻は、しぶとく、しなやかに強い。

三章　楽園

リラ。ああ、リラ。わたし、嬉《うれ》しい。とても嬉しい。

光の粒《つぶ》になったあなたに、わたしの声は聞こえているかしら。聞こえていたら、いいわね。

ねぇ、リラ。銀砂糖師が来たのよ。これで楽園は大丈夫《だいじょうぶ》。

本当は、あなたがいるときに思いつけば良かったのにね……。

ねぇ、リラ。

わたしは、一人よ。


虚空《こくう》に向かって語りかけるような寂《さび》しげな声を、アンは夢の中で聞いた気がした。その声に聞き覚えはあったが、馴染《なじ》みのある声ではない。ただ一度、聞いたことのあるような——。

甘ったるい香《かお》りがする。それに神経をくすぐられ、アンは目覚めた。

ぽかりと目を開き、まず目に入ったのが、自分を覆《おお》うように広がっている緑の天蓋《てんがい》。それは半円状に細い木の枝を編んだものに、蔦《つた》が絡《から》みついてできた天蓋だった。頰《ほお》をくすぐられる感覚に自分の頭の周りを見やると、掌《てのひら》ほどの大きさの花が敷《し》き詰《つ》められていた。赤い花で、まるで天鵞絨《ビロード》のような質感の花びらだ。その花から甘い香りが漂《ただよ》っている。

頭に靄《もや》がかかったようにぼんやりしていたが、体を起こして周囲を見回す。

「ここ……」

アンがいるのは、石を積んで造られた——廃墟《はいきょ》。かなり古い時代のものらしく、石の壁《かべ》は風雨に削《けず》られてあちこち崩《くず》れ苔《こけ》むし、蔦がはびこっていたし、窓や出入り口にはガラスも扉《とびら》もなく、ぽっかりと石のアーチとして口を開いているのみ。その向こうには森の木々が見える。

寝《ね》かされていた場所は木材を組みあげたベッドのような形になっていたが、それらにも蔦が絡みついている。石が敷き詰められた床《ゆか》も、隙間《すきま》から雑草が顔を出して、小さな花をつけていた。微《かす》かな風にそよぐ雑草の上に、まだらに光がこぼれていた。

花の寝台《しんだい》からおりて見あげると、頭上には木と草を編み込んだ屋根の裏側が見えた。それもこの建物の半分を覆うのみで、残り半分は、太い蔓《つる》が伸《の》びて絡み合ったものが天井《てんじょう》のように広がっていて空が透《す》けていた。

小鳥のさえずりが聞こえる。

呆然《ぼうぜん》と、アンは周囲を見回す。

宿場の酒場で、突然《とつぜん》ミスリルが連れ去られ、それを助けるためにシャルが追った。しかしそれを見計らったように、ギルバートの様子がおかしくなった。アンは逃《に》げだそうとしたが、敵《かな》わなかった。

それらを思い出し、緊張《きんちょう》と恐怖《きょうふ》に、鼓動《こどう》がどきどきし始める。

「ここ……どこ？」

(ギルバートが……)

自分は、ギルバートに騙《だま》されたのだ。両手の拳《こぶし》を握《にぎ》る。

記憶《きおく》を失ったことも、あの優《やさ》しげな様子も、ふと親を思い出させるような言葉も、全《すべ》ては芝《しば》居《い》だったのだ。わずかな親しみさえ覚えていたので、それが悔《くや》しい。

(騙されているかもしれないと、覚悟して行動していたはずなのに。油断したわたしが、まぬけだったということ。危険だと承知で旅に出ておきながら)

しかし自分の油断を、悔しがって責める暇《ひま》はない。

まず、逃げなくてはならない。

おそらくアンは、ギルバートにここに連れてこられたのだろう。ここがどこかわからないが、アンを一人で寝かしているということは、今、相手は油断しているということ。

日射《ひざ》しの明るさと澄《す》んだ空気から察するに、朝方らしい。気を失ったのは夕方だったのだから、おそらく一晩眠《ねむ》っていたのだ。

(静かに、物音を立てずに、とにかく逃げなきゃ)

出入り口らしい開口部へ向かおうと、そろりと一歩踏《ふ》み出す。

「目が覚めたのね、アン」

背後から突然呼ばれたので、思わず小さく悲鳴をあげ、飛びあがってふり返る。

アンが寝かされていた花の寝台の近く、ぽかりと口を開いた窓のところに、小さな妖精がい

た。

銀の粒をまぶしたように輝《かがや》く白い髪《かみ》と、紫紺《しこん》の瞳《ひとみ》。華奢《きゃしゃ》な美しい少女の姿の妖精。

そこで気づいた。目覚める直前に夢の中で聞いた声が、彼女の声に似ている。もしかしたら

彼女が、アンの枕元《まくらもと》で独り言でも言っていたのだろうか。

「あなた……酒場で会った。確か、セラ・スーリア・ファム？」

「名前、覚えてくれたの？　嬉しい」

一枚きりの羽を軽く動かし、彼女は花の寝台の上へ移動すると、アンを見あげる。

「ようこそ、楽園へ。歓迎《かんげい》するわ、銀砂糖師」

紫紺の瞳の小さな妖精が、にっこりと笑う。

アンは驚《おどろ》きに竦《すく》んで、身動きできなかった。

「そんなに怖《こわ》がらないで、アン」

紫紺の瞳の妖精セラは、苦笑《くしょう》しながら、花の寝台の上にあぐらをかく。

のよ」

「乱暴な真似《まね》をして、悪かったわ。けれどこうでもしなければ、銀砂糖師を招けないと思った

「銀砂糖師を招く?」

「ええ。わたしたちには、砂糖菓子《がし》職人が必要なの。銀砂糖師なら、なおいい」

アンをさらったのは、ギルバートのはずだ。しかしなぜ、昨日酒場で出会ったばかりの妖精《ようせい》がここにいて、招くなどと口にしているのか。その答えは明白だった。

「あなたたちとギルバートは、知り合いなんですね?」

「ええ。そう。彼はわたしたちの協力者。楽園の協力者なの」

「……やっぱり。じゃあ、わたしたちはギルバートに騙されたんですね。全部、お芝居で」

「うーん。そうとも、言えないのよね」

セラは顎《あご》に人差し指を当て、天井を仰《あお》ぐ。

「ギルバートが記憶を失っていたのは、事実だから」

「でも、あなたたちの協力者でしょう? そう言いましたよね」

「そう。それも事実」

アンは、眉《まゆ》をひそめた。

「よくわからないです、あなたの言ってること」

「説明はゆっくりするわ。怒《おこ》らないで。わたしたちは、あなたに危害を加えるつもりはなくて、

それどころか、あなたが必要なんだから」

「必要って、どうして？」

「砂糖菓子が欲しいからに決まっているでしょう？」

赤い花びらに指を滑《すべ》らせ感触《かんしょく》を楽しむようにしながら、セラは上目遣《うわめづか》いに、甘えるようにアンを見る。

「砂糖菓子を作ってよ、アン。わたしに」

確かに――もし、セラがアンに危害を加えるつもりならば、気を失っている間に何でもできたはずだ。彼女に害意はない。それを確信すると、動悸《どうき》が幾分《いくぶん》かおさまってきた。

驚きと緊張で乾《かわ》きっぱなしの唇《くちびる》を開く。

「ここはどこですか？　まず、それを教えて欲しい。何もわからないんじゃ、あなたの要求に応《こた》えられない」

「そうね、もっともだわ。いいわ、ついてきて。見せてあげるから」

立ちあがると、セラはふわっと跳《は》ね、出入り口に絡みつく蔦の所へ移動する。そこからまた跳ねて、外へ出て行く。

セラを追って出入り口から外へ出た瞬間《しゅんかん》、アンは思わず声が出た。

「……綺麗《きれい》……」

近くの木の枝に座ったセラが、うふふと肩《かた》をすくめて嬉しげに笑う。

「そうでしょう？」

ふり返ると、今しがた出てきた廃墟。

崩れかけた石の建物は、蔦《つた》で覆《おお》われて今にも緑に飲み込まれようとしているが、暗くむごたらしくは見えない。絡《から》みついた蔦のあちこちに、小さな白い花が咲《さ》いているからだ。そしてさらに、廃墟を覆うように伸びた周囲の木々の枝葉の隙間から光がこぼれ、ちらちらと廃墟を照らしている。

廃墟の周囲はふかふかした下草に覆われている。廃墟を囲むように細い水の流れがあった。これも廃墟同様に、風化した古いもので、石で作られた水路は廃墟を四角く囲む。廃墟の右側面から流れてきた水が廃墟の周囲を巡《めぐ》り、左側面へと流れ出ていく。

水の流れは清らかで、水路の底に水草が揺《ゆ》れる。

周囲は深い森だ。

廃墟から再び視線を前方に戻《もど》すと、どこまでも森が続いていた。

木々の奥に、あちらに一つ、こちらに一つと、木の小屋が建っていた。質素な小屋だ。さらによく見れば、木の枝の上に、小鳥の巣箱のような小さな家もある。

どの家も板壁《いたかべ》に干し草の屋根を葺《ふ》いた、居心地《いごこち》のよさそうな作り。

森の中に、ちらちらと光が注いでいる。そうやって適度に光がこぼれているのは、木々の手入れがされているからだ。枝葉を剪定《せんてい》して形を整え、森に光を入れている。

廃墟の中にいたときよりも、小鳥のさえずりが一層よく聞こえた。

「……楽園……」

セラからさっき聞いた言葉を、アンは思わず口にしていた。そうとしか言えないような、美しく穏《おだ》やかな光景が広がっている。

アンとセラの気配に気づいたらしく、木の上にあった小さな家の窓から、ひょこりと男の子の妖精が顔を出す。

「セラ。銀砂糖師の目が覚めたの？」

そう訊《き》いた男の子に、セラは明るい声を返す。

「ええ。案内してるのよ」

「へぇ」

その声を聞きつけたのか、少し離《はな》れた家の戸口からも、青年の姿をした妖精が顔を出し、珍《めずら》しそうにこちらを見やった。次々と、家の窓や戸口から、妖精たちが顔を出す。

（こんなに⁉）

家から顔を出した妖精の数は、二十を下らないだろう。

セラもそうだが、妖精たちの背にある羽は一枚きり。だが、皆《みな》、胸に袋《ふくろ》をぶらさげているのでそこに自分たちの羽を持っているようだった。

そしてさらに、森のずっと奥にある家の戸口からふらりと出てきたのは——人間の、中年の女だった。彼女もこちらを見ている。

（妖精ばかりじゃなくて、人もいる）

アンは、セラにふり向く。

「ここは……なんなんですか？　セラ」

「言ったでしょ。楽園だって。わたしが作った楽園。妖精が自由にのびのび暮らせる場所なの」

「でも、人間もいる」

「ええ。彼らはわたしたちに、協力してくれている。楽園の協力者」

アンは遠くに姿が見える人間の女を見やる。

「協力者？　さっきもギルバートのこと、そう言ってたけど。協力者って、なんですか？」

「妖精の楽園のために協力してくれる、いい人間なのよ。六人いるわ」

啞然《あぜん》としながら、アンはぐるりと辺りを見回す。セラは続けて言う。

「協力者は、人間の市場から野菜の種を買ってきたり、布を買ってきたり。必要なものをわたしたちの代わりに、買い物してくれるし。ああ、それと。変な人間がここに近づこうとしたら、何のかんの言いくるめて、追っ払《ぱら》ってくれたりするの。とても頼《たよ》りになるのよ」

妖精たちの好奇心《こうきしん》いっぱいの視線と視線がぶつかり、幾人《いくにん》かとは目も合った。目が合った妖精たちは、嬉《うれ》しげに手を振《ふ》ってくれたり、恥《は》ずかしそうに窓の陰《かげ》に隠《かく》れたりする。

日射《ひざ》しがこぼれる森の中に、小さな家々と廃墟《はいきょ》があって、妖精たちが笑顔《えがお》でこちらを見ていて、のんびりとこちらを見ている人間の姿もあり——。静かで、明るく、ほっとするような穏やかな気配に満ちたこの場所は、まさに夢の具現のようだった。

(こんな光景……。パウエル・ハルフォード工房《こうぼう》とか、ペイジ工房とかでしか、見たことない)

砂糖菓子の一部の工房では今、妖精たちが銀砂糖妖精となるべく修業《しゅぎょう》を始めている。ハイランド王国の中で、最も妖精に寛容《かんよう》な環境《かんきょう》があるのは、砂糖菓子職人の工房と言っても良かった。

ただそれもごく一部の工房に限られ、昔ながらの慣習から抜《ぬ》けきれない工房も多いが——そうしていては、妖精たちに寛容な他《ほか》の工房に後《おく》れを取る。それがわかっているから、砂糖菓子職人の世界では妖精の受け入れが進んでいた。

ただ砂糖菓子職人の世界は閉じた世界だ。

王国のそこかしこでは、昔と変わらない光景ばかり。

砂糖菓子職人の世界以外にも、人と妖精が同じ場所で穏やかに過ごせる空気が広がっていくことを願いながら、アンも日々を過ごしている。

しかし——ここにはその光景があった。

人と妖精が自然と一緒《いっしょ》にいて、穏やかに過ごす美しい場所は、アンの理想そのもののようだった。世界が全《すべ》てこんなふうだったらと、ふと思う。

アンとシャルが過ごす世界が、こんな場所であればどれほど素晴《すば》らしいだろうか。

心がざわつくように、この光景に惹《ひ》かれる。

（これは現実？　信じられない）

かつて、銀砂糖妖精《ようせい》を育てるために、ホリーリーフ城に妖精たちが集《つど》った。あのとき妖精たちは自由を求めて逃《に》げ出し、妖精だけの居場所を求めた事件があった。

だが、文化や技術を失った妖精たちが、彼らだけで生きることは難しい。それを知り、人と交じり合う中で妖精として自由に生きられる未来を得るために、一旦《いったん》逃げ出した妖精たちは決意して城に戻ったのだ。

ここには、あの銀砂糖妖精の候補として集められた彼らが夢見た光景がある。

ただし――この光景があるのは、あの協力者という人間たちがいるからだろう。妖精たちが持ち合わせないものを、人間の世界から持ち込んだり補ったりする。

そういった、妖精と共に生きようする人間たちが、六人もいるのだ。その協力者たちは、どこからやって来たのか。どうやって楽園に入ったのか。それら協力者の存在があるにしろ、こんな場所が存在することに、ただ驚嘆《きょうたん》した。

（実現できるんだ。人と妖精がこんなふうに暮らす場所を作ること）

アンも、シャルとミスリルと一緒に幸せに過ごしてはいるが、それは小さな家一つ。

（わたしたちの家みたいな家が、沢山《たくさん》集まったら。もしかしたら、わたしの周囲にも、こんな楽園ができるの？）

小さな家が集まって、村になって、街になれば、楽園ができるのだろうか。今まで考えてもみなかったが、もしかするとそんなこともできるかもしれないと、想像に胸が躍《おど》った。

そのとき金の色彩《しきさい》が、廃墟から少し離れた木の陰に現れた。

アンは目を見開く。

金の髪《かみ》と金の瞳《ひとみ》。ぶかぶかの男物の上衣《うわぎ》を身につけており、どこか不安げな、何かに常に怯《おび》えているような表情。スカーレットの屋敷《やしき》に手紙を届けに来て、さらにシャルを混乱させたあの妖精だった。

手紙、金の妖精、ギルバート。

それらの得体の知れない全ては、ここに繋《つな》がっていたのだと確信したその時。

「アン！」

聞き慣れた声に呼ばれた。

声の聞こえた、廃墟の右手に広がる森へ目を向けると、光がこぼれる森の下草の間をぴょんぴょんと跳《と》んで、湖水色の瞳の小さな妖精がこちらへ向かってくる姿が見えた。その後ろには、早足でこちらに向かってくる、すらりと背の高い黒髪《くろかみ》、黒い瞳の妖精。

二人の姿を目にした途端《とたん》に、全身に温かく力強いものが満ちるような気がした。

「ミスリル・リッド・ポッド！　シャル！」

彼らのもとへ走り、近づいてきたシャルに抱《だ》きついた。

強く抱きしめ返されたので、アンは甘えるように彼の胸に額をこすりつけた。辛《から》いような樹皮を削《けず》り取った時に似た爽《さわ》やかな彼の香《かお》りに、胸がいっぱいになる。

「無事だったか」

安堵《あんど》の響《ひび》きのある声に、アンは頷《うなず》く。

「うん。怪我《けが》もしてない。シャルは？　ミスリル・リッド・ポッドも」

「ご覧の通りだ」

とシャルが答えると、ミスリルがシャルの肩《かた》に飛び乗って、ふんぞり返る。

「ぴんぴんしてるぞ、俺様も」

「二人とも、どうしてここに？」

するとシャルが、右の背後へ鋭《するど》い目を向けた。

「楽園の協力者だという、あいつが案内した」

シャルの視線の先には、酒場にいたあの農民風の男がいた。彼は無感動にこちらを眺《なが》めていたが、すぐに興味をなくしたように、すいと小屋の集まる方へと歩いて行く。

「案内したって、どういうこと？　わたしはここに無理矢理連れてきたのに、シャルたちは案内した？　どうして、そんなこと」

「だって。砂糖菓子《がし》を作ってもらいたいから一緒に来てくださいってお願いして、あなた、おとなしく来てくれる？」

上から降ってきた声に、アンとシャル、ミスリルの三人は同時に、頭上にせり出した木の枝をふり仰《あお》ぐ。紫紺《しこん》の瞳をじっと三人にすえて、そこにはセラが座っていた。

「砂糖菓子が欲しいなら、そう言ってくれればいいのに。ここに来なくても、わたしは、誰《だれ》のためにだって砂糖菓子を作ります。注文を受ければ作るし、取りに来てくれれば、わざわざここに来る必要もないし」

訴《うった》えたアンに、セラはゆるく首を振る。

「ちがう。ちがうのよ、アン」

できの悪い教え子に教え諭《さと》す教師のように、セラはゆっくりと口にした。

「わたしたちが望んでるのは、砂糖菓子をひとつ欲しいってことじゃないの。わたしたちはこの楽園に、新しい仲間を欲《ほっ》しているの。砂糖菓子職人——できれば、銀砂糖師っていう、仲間をね」

「楽園の……仲間？」

おうむ返しにアンが問い返すと、その言葉からすらも守ろうとするように、シャルはアンを抱く腕《うで》の力をさらに強めた。

「こんな場所があるのだって言っても、信じる人も妖精もいないでしょう？　信じてもらうには、見てもらうしかない。そしてこの楽園の仲間になってくれるか、そこではじめて問いかけないとね。見てもらうこと、信じてもらうこと。それからはじめて、相談ができるのじゃないかしら？」

「仲間である必要性は？」

鋭く問うシャルに向かって目を細め、ひらりとセラは枝から降りると、下草の上に立ってアンたち三人を見あげる。

「楽園には砂糖菓子が必要だと思うからよ。だから仲間になって欲しいの。わたしのためにもね。だって、わたしも、そろそろ命が終わりそうなんですもの」

事もなげに口にしたセラの言葉に、アンは目を見開く。シャルが眉《まゆ》をひそめ、ミスリルが「え……」と、小さく声を出す。

「楽園を守りたいのよ、わたし。実はね、わたしは切羽詰《せっぱつ》まっていて必死なのよ。だから、ごめんなさい。あなたたちに強引《ごういん》で乱暴な方法を取ったこと」

にこっと、セラは笑顔《えがお》を見せた。

「銀砂糖師が仲間になってくれないと、この楽園は消えるかもしれない」

慈《いつく》しむように周囲を見回したセラの口元には微笑《ほほえ》みがあったが、紫紺の瞳には憂《うれ》いが宿っている。彼女は再び、アンに視線を戻《もど》す。

「落ち着いて話しましょう。お茶を差しあげるわ。来て」

ふわっとセラは跳び、草葉の先端《せんたん》や木々の下枝を蹴《け》って、廃墟《はいきょ》の方へ向かう。その姿を目で追うアンの耳元で、シャルが囁《ささや》く。

「逃げるか？」

シャルとミスリルは案内されてここまで来たのだから、逃げ道はわかっているはずだ。さらに周囲を見回しても、アンたちを捕《と》らえようとする妖精や人の姿もない。

今ここで、逃げることはできる。

しかしセラに害意がないのは明らかだったし、強引に連れてきて悪かったと謝罪もしてくれた。

（セラは命が終わりそうって言ってた……必死だって）

妖精たちの様子から、セラがこの楽園のリーダーだとわかるし、楽園は、自分が作ったとも言っていた。

アンの理想が形になったようなこの場所が、簡単に作れるとは思えないし、またこれを維持《いじ》していくのも簡単ではないはず。

誰かが考えて動き、努力しなければ、どんなものでも荒廃《こうはい》して消える。世の中を知っていれば、当然理解できることで、アンもそれは痛いほどわかる。

砂糖菓子という存在すらも、職人たちの努力なくしては、いずれ消えていくものなのだと知ったのだから。

楽園を作ったセラは、自分で口にしたように、楽園のために必死なのかもしれない。

セラがアンたちをここに連れてきた方法を肯定《こうてい》する気はさらさらないし、批難するべきだとは思う。かといってセラが言うように、楽園の話を聞いたアンが、「じゃあ、行ってみましょう」と、ほいほいと妖精《ようせい》たちと一緒《いっしょ》に、こんな遠い場所まで来るだろうか？

「今なら、逃《に》げられそうだけどな……」

　ミスリルもシャルの肩の上から、緊張《きんちょう》した面持《おもも》ちで言う。

「見捨てないで」

　震《ふる》える声が聞こえた。

　声に反応し、シャルが声のした方に身構える。彼の腕に抱かれたまま、アンは、少し離《はな》れた木陰《こかげ》に隠《かく》れるようにしている、金のふわふわした髪と金の瞳の、あの妖精の姿を認めた。

　アンは先刻彼女を見かけたが、シャルとミスリルにとっては、予期せぬ者の出現だろう。シャルは体を緊張させ、いつでも刃《やいば》を出現させられるように掌《てのひら》を構える。

「ギルバートを見捨てて行かないで。彼はあなたの父親なのに」

　細く震える怯えた声で、金の妖精が近くにあった木の幹にすがり、隠れるようにして言う。

「はぁ!?」

　憤然《ふんぜん》とミスリルが立ちあがり、金の妖精に向かって目を吊《つ》りあげた。

「あのおっさんが、アンをさらったんだぞ！　それが父親だって？　信じられるかよ。しかも見捨てて行くなって、とんでもない寝言《ねごと》を言ってるんじゃないぞ」

「ギルバートは、仕方ないの」

　妖精は、アンたちの少し先をふわりふわりと跳んでいるセラの方をちらっと見やってから、小声で、焦《あせ》ったように言葉を続ける。

「今、詳《くわ》しくは言えないけれど、あれは本当に仕方がないことなの。その子、アンをさらったのも、彼自身では制御《せいぎょ》できないことなの。本当に、そうなのよ。信じてと言っても、信じてもらえないかもしれない。わたし、アンの夫に酷《ひど》いことをしたから。けれどわざとじゃないの。怖《こわ》かったから……。でも、ギルバートが……あの人があなたの父親なのよ」

「そもそも何者だよ、おまえ」

ミスリルが目を吊りあげた。

「おまえのせいで、シャル・フェン・シャルが妙《みょう》になって、アンが怪我したんだぞ！」

「ごめんなさい。本当にあれは、わざとじゃなかったの」

「こいつの質問に答えろ。おまえは何者だ」

鋭く問うシャルに、妖精はびくりと体を震わせる。

「わたしは、フラウ・フル・フラン。ギルバートの友だち。エマのことも知ってる。わたしはギルバートがエマと出会う前から、ずっと彼の友だちだったから。彼が故郷のキャリントンを離れるまで、十年も一緒にいた」

（キャリントン!?）

思わず、シャルの胸に添《そ》えたアンの手に力がこもった。

ヒューが調べた情報には、ギルバートの故郷としてキャリントンの名が記されていた。この妖精がギルバートのことを知っているというのは嘘《うそ》ではないかもしれない。事実だとすれば、あのギルバートは本当にアンの父なのだろうか。

（どうするべき？）

アンの理想が具現化したような、美しく穏《おだ》やかな妖精の楽園と雖《いえど》も、この先はどうなろうが知ったことではない。

さらに今更《いまさら》父親など、しかも時々記憶《きおく》が混乱するような父親など関《かか》わりたくない。

そう割り切ってアンは自分の幸せを追求するためだけに、面倒《めんどう》ごとを避《さ》けてこの場から逃げ出してもいいのだ。

強引過ぎる方法で連れ込まれた不快さもあるので、今回のこと全《すべ》てにそっぽを向いてもいいはず。

不愉快《ふゆかい》なことをされたのだから心など痛まないし、たとえ必死だったのだと言われても、それはあなたの事情だから、わたしを不愉快にさせたのは許せない――と。そう思えるほど、自分や自分の周囲だけが可愛《かわい》い人でいられたら、もしかすると、もっと楽な生き方ができるのかもしれない。

だがアンは、そんなふうに生きられないのだ。

意を決し、シャルを見あげる。

「シャル。わたし、セラの話を聞きたい。話を聞いて、望みを聞いて。それからギルバートのことも、真相を確かめたい。あやふやなまま逃げ出したら、きっとずっとこの楽園やギルバートにまつわる不安が消えない。だから色々確かめたい。納得《なっとく》できなければ、断りを入れて去ればいいし。もしまた彼らが強引な方法に出たら、逃げ出せばいい」

廃墟の近くまで戻っていたセラが、木の枝に止まってふり返った。遠くからアンたちの様子を見つめながらも、こちらに来いと促《うなが》す表情ではない。

どうするの？　と、問いかけている顔だ。

シャルとミスリルが顔を見合わせる。

シャルはしかめ面だったが、ミスリルはセラの方へと目をやって、困惑《こんわく》顔になった。

「まあ、確かに。俺、あの妖精が悪い奴《やつ》には見えないんだよなぁ。結局俺たちを、ここに案内してくれたしな、あの協力者って奴が」

「ギルバートについても、似たようなことを言っていた気がするが？」

嫌《いや》みなシャルに、ミスリルはむっと口をへの字に曲げる。

「言ったさ。それでアンがさらわれた。でもな、もしフラウっていう奴の言葉が本当なら、ギルバートは本当に記憶をなくしていたってことだ。俺の感じたことは、間違《まちが》っちゃいない。ただささ、記憶が急に戻るとか、義務を思い出して突飛《とっぴ》な行動するとか、変なふうに頭がこんがらがってるみたいだけど」

しばしの沈黙《ちんもく》の後、シャルが小さなため息とともに口を開く。

「話だけは、聞こう」

木陰《こかげ》に半分隠れていたフラウの表情が、ゆるむ。


幹周りが二抱《かか》えもあるほどの大樹の下に、石のテーブルが据《す》えられていた。セラがそこにアンとシャル、ミスリルを招くと、どこからか別の妖精がやってきて、木のカップに茶を注いだ。柑橘《かんきつ》に似た香《かお》りのする茶で、セラとアンたち三人の前に置く。

ミスリルは興味津々《しんしん》でカップを覗《のぞ》き込む。

「いい香りだなぁ、これ」

感嘆《かんたん》の声に、セラが目を細める。

「気に入ってもらえて良かったわ。ここで栽培《さいばい》してる香草《こうそう》なのよ」

白っぽい石を加工したテーブルは、表面がなめらかに磨《みが》かれており、そこに頭上の木の葉の隙間《すきま》から光が乱れ落ちている。小鳥のさえずりに交じって、時々、妖精たちの小さな笑い声が響《ひび》く。

「色々話をしたり、お願いしたりする前に、まずは謝罪よね。改めてだけれど、本当にごめんなさいね。アン。そして、シャル・フェン・シャル。ミスリル・リッド・ポッド」

テーブルの上に立ったセラが、優雅《ゆうが》に頭をさげる。

「名を調べたのか？　俺たちの」

シャルの問いに、顔をあげたセラは頷《うなず》く。

「エマが既《すで》に亡《な》くなっていて、けれど娘《むすめ》が銀砂糖師になっているとフラウから聞いてね。家の場所や、一緒に住んでいる人たちのことを調べた。妖精と結婚《けっこん》していると聞いて、是《ぜ》が非でもあなたに、ここに来て欲しくなったのよ、アン。だから無茶をした」

「ということは、最初はママ……エマ・ハルフォードをここに呼ぼうとしていたってことですよね。なぜエマを知っていて、どうしてここに呼ぶと決めたんですか？　決めたのはセラ、あなたですよね」

手元の木のカップを、アンは握《にぎ》りしめる。

「ええ、決めたのはわたし。エマに決めたのは簡単なことよ。ギルバート・ハルフォードが、楽園の協力者だったからなの」

セラの視線は森の奥へと向かう。その辺りを、手に水桶《みずおけ》をさげて、ゆっくり歩む人の姿が見える。

「ここにいる彼ら、楽園の協力者は気の毒な人たちでね。みんな記憶がないのよ」

「……え？」

きょとんとしたアンに、セラが苦笑《くしょう》する。

「普通《ふつう》の人間が、妖精の楽園に一緒に住みましょうって言われて、はいそうですねと納得してここに来て、仲良くしてくれると思う？　彼らは何か——事故か、病か、よくわからないけれど、自分がどこの誰《だれ》かもわからない状態でさまよっていた人たちなの。そういった人たちを見つけて、誘《さそ》って、ここに連れてきて一緒《いっしょ》に生活しているの。わたしたちに協力してもらう代わりに、彼らはここに住めるの」

お互《たが》い、利害が一致《いっち》しているから協力関係が成立している。そういうことなのだろうが、そうだとしても驚《おどろ》きだった。

(協力者はみんな、すごく善良なんだ)

妖精《ようせい》たちを捕《つか》まえて売り飛ばそうと考えるような、悪心を抱《いだ》く者がいないのだろうか。そうは思ったが、楽園が成立しているのだから、事実そんな人間はいないのだ。

「ギルバート・ハルフォードが楽園の協力者なら、他《ほか》の者と同様に記憶がないはずだ。エマのことなど覚えていないし、そもそも——その男の名がギルバート・ハルフォードだと、誰にもわからないはずだ」

不審《ふしん》げなシャルの問いにも、セラは落ち着いて淡々《たんたん》と応じる。

「わたしたちも当初、協力者の彼の名前なんて、わからなかった。でも、一年前よ。フラウが楽園に加わってからわかった。フラウは彼に会って、彼はかつて自分の友人だったギルバート・ハルフォードだと言ったの。そして彼の妻は銀砂糖師のはずだってね。わたしたちは砂糖菓子《がし》職人、できれば銀砂糖師を楽園の仲間にしたかったから、その人を捜《さが》すべきだってことになったの。フラウの話では、エマは妖精に対して寛容《かんよう》で、使役《しえき》するのを嫌《きら》うってことだったから。ギルバートも、自分の妻だった人なら会ってみたいし、楽園のためなら呼び寄せたいって、協力してくれた」

思わず、アンとシャル、ミスリルの三人で顔を見合わせた。

「じゃあ、あのおっさんは、やっぱり間違いなく、アンの父親か？」

「たぶん……そうなのかな……」

ミスリルの言葉に、アンは戸惑《とまど》いながら頷く。

（あの人——ギルバートが、パパ）

今まで存在すら意識したことのなかった父親だが、その人が生きて存在しているという事実が、ほんのりと嬉《うれ》しい気がした。

シャルとミスリルが一緒にいてくれる今、寂《さび》しさはない。寂しさはないが、大切な存在が一人増えるのは、人の温かみが増えるということだ。嬉しくないわけがない。

——君の亡くなったお母さんは、君のことが誇《ほこ》らしいと思うよ。

コッセルへ向かう道中に、ギルバートの口から聞いた親の目線の言葉が嬉しかったのと同じだ。

（ママ。わたし……ママの愛した人、わたしのパパと会えたのかもしれない）

手元のカップの茶の表面に視線を落とし、そこに映る自分の顔を見ながら、心の中で亡き母親にむけて囁《ささや》く。

アンが父親と出会えたことを、エマは喜ぶだろうか。

エマとギルバートの間に何があって、二人が一緒にいられなくなったのか、わからない。その原因によっては喜ばないかもしれない。

「ギルバート本人はエマのことを忘れていたけれど、フラウが色々覚えていたからね。フラウに訊《き》きながら、ギルバートはエマに宛《あ》てて手紙を書いて、コッセルに来て欲しいと誘ったのよ。コッセルはギルバートと因縁《いんねん》のある土地らしくて、誘えば不思議に思って来てくれるだろうかって。それでコッセルに向かう途中《とちゅう》でエマを待ち伏《ぶ》せて、ここに連れて来ようとしたの」

セラの説明に、ミスリルが首を傾《かし》げる。

「どうして、ギルバートは手紙なんか書いたんだよ。どうして、本人がエマに会いに行こうとしなかったんだ？　まあ結局、エマは死んでたから会えなかったんだろうけど、夫のギルバートが直接行って、来てくれと訴《うった》えた方が早いじゃないか」

「自分のことをすっかり忘れてる夫が、どことも知れない場所に来てくれと頼《たの》んで、妻は来てくれるかしら？　既に夫に対して愛情がなければ断られるのが落ちだし、逆に愛情があれば、そんな場所にのこのこ一緒に出向くよりも、記憶《きおく》をなくした夫を保護するでしょう？」

感心して、アンは小さな紫紺《しこん》の瞳《ひとみ》の妖精を見やる。

（セラはとても賢《かしこ》い）

状況《じょうきょう》を的確に把握《はあく》して、どうすれば自分の望む方向へ導けるか考えたのだ。

「エマとギルバートがなぜ離《はな》ればなれになったのか、どうしてギルバートは死んだことになってるのか、フラウは知らなかったんですか」

身を乗り出して、アンは訊いた。それはアンにとって、気になることだった。ギルバートが生きていたならば、なぜエマとアンの二人きりで旅をすることになったのか。なぜ彼は一緒にいなかったのか。

「ギルバートとエマは結婚して旅に出たから、フラウはギルバートの故郷のキャリントンに残ったのですって。だからエマとギルバートが、どういった経緯《いきさつ》で離ればなれになったか知らないらしいわ。ただ噂《うわさ》で、ギルバートがコッセルで亡くなったと聞いたと。だから楽園に来て、ギルバートを見つけたときは凄《すご》く驚いたと言ってたわね」

ギルバートとエマが離ればなれになったのは、互いの意思か、一方的な意思か。それとも何かの事故によるものか。ただそれについてフラウも知らないというなら、記憶を失ったギルバートにも、誰にもわからないことだろう。

真相を説明されて、アンは徐々《じょじょ》に体の力が抜《ぬ》けていくような気がした。不可解な出来事が続き、我知らず、ずっと緊張《きんちょう》を強《し》いられていたのだろう。

全身のゆるみを感じながら、茶のカップに口をつけた。

「……ギルバートは、手紙を書いたことも、俺たちの家に手紙を届けたことも、楽園のことも忘れたふりをして俺たちをおびき出したのか？　フラウとかいうあの妖精は、仕方ないのだと口にしていたが」

不意に、シャルが問う。

彼の言葉で、アンもはっとする。ギルバートがアンたちに捕まった後、何もわからない困惑《こんわく》しきりだった様子は、本当に芝居《しばい》と思えなかったのだ。だからこそミスリルもアンも油断し、シャルさえも少し気を抜いた。そしてセラも「記憶を失っていたのは事実」と言っていたし、フラウも彼の記憶については、彼自身では制御できないと言っていた。

「気になるわよね、当然」

セラは肩《かた》をすくめた。

「それについては、本人に訊けばいいわ」

背にある羽を少しだけぴりっと振動《しんどう》させ、セラが声を張る。

「誰か。ギルバートを呼んで」

すると少年の姿をした妖精が、頭上の枝からひょこんと顔を出す。つんつん跳《は》ねている黒髪《くろかみ》に、緑の瞳の可愛《かわい》らしい小さな妖精で、彼のみ、背には二枚の羽があった。

「無理だよ、セラ」

「無理ってどうして？　リュー」

リューと呼ばれた少年妖精は、目をくりくりさせる。

「僕さっき、フラウからこの女の子がギルバートの娘《むすめ》だって聞いたからさ。あんたの娘が目を覚ましたよ、こっち来なよって、誘いに行ったんだ。けど、いじけちゃって、動かないんだよ。合わす顔がないんだってさ。自分の娘を、騙《だま》すみたいなことになったらしいからって、さ」

セラは、また肩をすくめた。

「彼らしい繊細《せんさい》さだけど、だからこそ自分で説明しなきゃ」

「だよねぇ。僕もそう言ったんだけど」

妖精たちのやりとりを聞き、アンは立ちあがった。

「じゃあ、わたしが行きます。彼はどこにいますか?」

少年妖精リューが、森の一方向を指さす。

「あっち。あっちに小さな川があるんだ。その畔《ほとり》にいるよ」

「ありがとう。行っていいですか?」

セラは微笑《ほほえ》み、促《うなが》すように、すいと手を森の方へと向ける。

「どうぞ、ご自由に」

「じゃあ、行こう。シャル、ミスリル・リッド・ポッド」

アンが歩き出すと、シャルが席を立って並んで歩む。ミスリルはシャルの肩に乗って、複雑な表情だった。

「あのおっさん、落ちこんでるって?」

「うん。そう言ってたよね」

「頭のなかは、どうなってるのかな？」

心地《ここち》よい下草の感触《かんしょく》を足裏に感じつつ、小鳥のさえずりを耳にしながらしばらく歩むと、微《かす》かな水音がして、木立の向こうにきらきら光る小さな川が見えてきた。柔《やわ》らかそうな草の間を流れるそれは、アンでも簡単に飛び越《こ》えられる細い川だ。澄《す》んだ水がゆるゆると流れている。

流れの筋を視線でたどると、流れを見つめながら、膝《ひざ》を抱《かか》えて座る男の後ろ姿を見つけた。見覚えのある背中だ。

気を引き締《し》めたアンは、シャルとミスリルに行こうと目顔で合図し、ギルバートに近づく。

「ギルバートさん」

呼ぶと、彼はびくっとしてふり返った。

「……アン。……シャルも、ミスリル・リッド・ポッドも……」

小さくそう口にしたが、声は先細りして、視線も下を向く。そして消え入るような声で、ぽつりと言う。

「申し訳ない。三人を……騙すことになったみたいだ」

再び小川の流れに目を向けると、彼は背中越《ご》しにさらに言う。

「本当に、すまないことを」

アンは無言のまま、ギルバートの隣《となり》に腰《こし》を下ろし、シャルもアンの隣に座った。こちらを見やってギルバートは、うなだれる。

「最初から、わたしたちを罠《わな》にはめるつもりで、嘘《うそ》をついていたんですか？」

静かに切り出すと、ギルバートは慌《あわ》てたようにこちらに顔を向けた。

「ち、違《ちが》う！　本当に、何もわからなかったんだ！」

今にも泣き出しそうに、ギルバートは顔をゆがめた。

「君たちに捕《つか》まったときは、十年前、この楽園ではじめて目覚めたときと一緒《いっしょ》の状態だったんだ。自分が何者かもわからなくて、なぜ君たちの所にいるのかも。あの手紙を書いたことも、忘れていて。だから君たちと一緒にコッセルに行けば、自分が何者かわかると思って。君たちの厚意に甘えて」

「記憶をなくしていたなら、セラたちと共謀《きょうぼう》してアンをさらい、ここに連れてくることはできなかったはずだ」

シャルの鋭《するど》い視線に、ギルバートは目を伏《ふ》せた。

「酒場でセラに会ってから……自分の中で、頰《ほお》をぶたれたように、はっとしたんだよ。そして気がついたら……君を連れて楽園へ向かっていた。向かっている途中で思い出した。僕は十年前に、この楽園で目覚めた。記憶のない状態でね。そんな僕にセラは、ここで暮らしていいと言ってくれた。そして彼女の協力者になったんだと」

言葉を切り、ギルバートは力なく首を横に振《ふ》る。自分の行いを、自ら批難するように。

「僕は楽園の協力者で、娘の君をここに連れてくるために何通も手紙を書き、フラウと一緒に届けていた。それは……」

瞳《ひとみ》が、怯《おび》えるように揺《ゆ》れた。

「それは、君にここに来て欲しかったからだよ。もし自分の娘とここで一緒に穏《おだ》やかに暮らせたら、セラたちの助けにもなるし、僕も……嬉《うれ》しいかなと。僕には昔の記憶《きおく》がなくて、どこの誰《だれ》とも知れないけれど、娘として君がいてくれたら、僕がかつて過ごした日々の証《あか》しで、僕の存在が証明される気もして。そんな勝手なことを考え、わくわくして。でも、誓《ちか》って言うが、君が嫌《いや》がったら楽園から出て行けばいいとも思っていたんだよ。本当だ」

無邪気《むじゃき》に——と、でも言えばいいのか。ギルバートは、覚えてもいない過去の自分の縁《えにし》として、妻のエマを、あるいは娘のアンを求めたのだろう。

(家族に会いたい、一緒にいたいと思うこと……勝手かもしれないし、独りよがりだけど。そう思うことが罪深い、なんて言えない)

アンにしたって、エマと何かの理由で離ればなれになり、何年も後に居所がわかったら会いたいし一緒にいたいと思う。その時、エマがどんな気持ちか、どんな環境《かんきょう》にいるか、それを真っ先に慮《おもんぱか》って躊躇《ためら》いはするが、躊躇いによって、会いたい気持ちは消えないはずだ。

「だが、娘に会いたいと画策していたことすらも忘れたのか？」

シャルが鋭く問う。ギルバートは、力なく頷《うなず》く。

「君たちの家へ、君たちが帰宅したと知って、また手紙を届けるために向かった。もし直接会えたら、僕はアンに、楽園に来てくれと頼《たの》むのも方法かと考えていた……考えていたはずなんだ。けれど、君たちの家を目にした後から、しばらく記憶がない。次にある記憶が、君たちに縛《しば》られている状態で目覚めた記憶。そしてその時には、すっかり、何もかも忘れていた」

ミスリルが、顔をしかめる。

「おっさん、しょっちゅう、そんなことあるのか？」

「……ある」

消え入りそうな声で、ギルバートは応じた。

「不意に記憶が消えて、気がついたら何かしている。何かしている間、僕は自分が何者かよくわからないことが、多い。そして不意にはっとして、自分が楽園にいる協力者だと思いだすんだ。無意識に、何かをしていることも多い」

アンとミスリル、シャルは顔を見合わせた。

（病気……。何かの後遺症《こういしょう》……。そんなものかもしれない）

うなだれたギルバートのうなじは、痩《や》せて筋張って細い。彼が記憶の喪失《そうしつ》や混乱に、痛めつけられている現実が、そこに滲《にじ》んでいる気がした。

「僕はセラに会って、アンを連れて行かなきゃとそればかり頭に浮《う》かんで、夢中でアンを連れ去った。けれど楽園に戻《もど》って、君たちと出会った経緯《いきさつ》を思い出して、僕は……なんてことをしたんだろうと思ったんだ。結果的に君たちを騙したんだと」

小川の流れに光が反射し、ギルバートのやつれた顔に浮かぶ、罪悪感いっぱいの表情を照らす。

「僕はギルバート・ハルフォードという名で、エマという銀砂糖師の夫だった。フラウが言うには、そうらしいんだが……覚えていないんだ。今も思い出せない。楽園で目覚めて以降のことは覚えていられるんだが、それでも時々、楽園のことを含《ふく》めて全部忘れてしまったり、また楽園のことのみ思い出したり」

「楽園に来る前のことは、ひとつも思い出せないのか？」

遠慮《えんりょ》気味にミスリルが問うと、ギルバートは頷く。ミスリルはため息をつく。

「厄介《やっかい》だなぁ、それ。それじゃ、おっさんのこと、信用できないじゃないか」

「そうだね。僕も、僕自身を信用できない。心苦しい……申し訳ない。君たちを騙した結果になったのだから、君たちにどれほど罵倒《ばとう》されても甘んじて受けるよ」

肩《かた》をすぼめたギルバートを見やると、エマの言葉がまた、思い出される。

――優《やさ》しくて、ちょっと気が弱かったわ。ちょっとしたことで、すぐに泣くのよ。

あのときのエマの口調には、愛《いと》しさがあふれていた。二人の仲がこじれてしまって別々の道を歩むことになったのであれば、あんなふうにエマは語らなかっただろう。何かやむを得ない事情があり、離《はな》れることになったのかもしれない。

（ママが好きだった人）

ギルバートはエマにとって、アンにとってのシャルと同じだ。

そして——アンの父親。

「随分《ずいぶん》、複雑な状態なんだってわかりました。それで責めようとは思いません。教えてくれてありがとう、——パパ」

照れくさかったが、落ち込んでいるギルバートに、自分が彼を責めているのではないとわかってもらいたくて、そう呼んだ。

彼は目を見開き、アンを見やった。

「……アン」

パパと呼んだ直後に、名を呼ばれると、それは今までと違った意味もある気がして、少し胸が熱くなる。ギルバートは、銀砂糖師アン・ハルフォードを呼んだのではなく、娘《むすめ》のアンを呼んだ——そんな気がして。

シャルが、すこし面白《おもしろ》くなさそうに視線をそらすが、ミスリルはにかっと笑う。

「パパさんかぁ。うん、なんか、そう呼ぶのが落ち着かないか？　なぁ、シャル・フェン・シャル」

「別に」

ばっさりと、不機嫌《ふきげん》そうにシャルが答えたその時だった。

「セラ⁉」

悲鳴のような声、おそらく先ほどリューと呼ばれていた少年妖精《ようせい》の声が、木立の向こうから響《ひび》く。その場にいる全員が、はっとふり返ると、声が続いた。

「誰か、誰か！　来て、早く」

さらに別の慌てふためいた声がいくつもあがる。

「大変。どうしよう、どうしよう！」

「セラが死んじゃう！」

(死ぬ⁉)

驚《おどろ》いて、思わずアンは立ちあがっていた。

「おい、アン！　行ってみよう。なんかあったんだ」

ミスリルがシャルの肩から、アンの肩に飛び移る。促《うなが》されて走り出したアンを追って、シャルも立ちあがり、彼女に並ぶ。呆然《ぼうぜん》としていたギルバートも、はっとしたように立ちあがり、アンを追って来た。

四章　消えかけているもの

「セラ！　セラ！」

大樹の下にある石のテーブルに、妖精たちが集まっていた。小さな妖精たち五人ほどが石のテーブルの上に跪《ひざまず》き、泣き出しそうな顔をしていたし、アンよりも少し背の高い妖精二人は、祈《いの》るように上から覗《のぞ》きこんでいる。小さな子どものような背丈《せたけ》の妖精六人が、それぞれ二人ずつ一つの椅子《いす》の座面に立ち、互《たが》いに互いの手を握《にぎ》り、テーブルを凝視《ぎょうし》していた。

「どうすればいいんだ、俺たち。セラをどうすれば助けられる!?」

「リラが、リラがいてくれたら」

「リラのこと言ってる場合か。リラがいないのは、どうしようもないんだ。だったら、僕たちでどうにかしないと」

「でも、どうにもできないよ！」

妖精たちの動揺《どうよう》した涙声《なみだごえ》が、その場にあふれている。

「何があったんですか!?」

彼らに駆《か》け寄ったアンを見て、先刻、ギルバートの居場所を教えてくれた少年妖精リューが、妖精たちの輪の隙間《すきま》から顔を出して声をあげた。

「銀砂糖師！　その子、銀砂糖師だ。その子にお願いするしかないよ」

立ち止まって呼吸を整えるアンの所に飛び出してくると、リューはアンの右手の指にぶら下がる。背中の二枚の羽を懸命《けんめい》に動かし、彼はアンの手を引いてテーブルの近くへ導きながら焦《あせ》った声で言う。

「ねぇ、砂糖菓子《がし》をセラに作ってあげて！　お願い。このままじゃ、セラは死んじゃう。砂糖菓子を食べたら、まだきっと生きられる」

導かれてテーブルの際まで来たアンの目に、石の天板に伏《ふ》せて横たわっているセラの姿が飛び込んできた。天板に頰《ほお》をつけて目を閉じた横顔は真っ白で、ぐったりと手足に力がなく、白い髪《かみ》が石の上に広がっている。髪の艶《つや》は失われ、肌色《はだいろ》の白さも相まって、命の強さが一切《いっさい》感じられない。

肩の上にいたミスリルが、慌《あわ》ててテーブルの上に飛び降り、セラに駆け寄った。跪いて覗きこむなり、焦ったようにふり返る。

「アン！　こいつ、すごく弱ってる。なんとかしないと、消えるぞ」

ぞっとしたのは、こんな様子の妖精を見たことがあるからだ。

アンの師匠《ししょう》と言える一人――銀砂糖妖精ルル・リーフ・リーン。彼女も寿命《じゅみょう》がつきかけていたとき、こんなふうに命の輝《かがや》きが失われていた。その姿を思い出した。

「砂糖菓子を……！」

作ると口に出しかけて、はっとした。

「銀砂糖がない。銀砂糖の樽《たる》も、道具も、わたしの馬車ごと宿場に置いてある。取りに行かないと砂糖菓子は作れない」

「じゃあ、僕が！　僕が馬車を取りに行く」

背後からの声にふり返ると、ギルバートだった。彼は肩で息《いき》をしながら、弾《はず》む息で続ける。

「馬車を、急いでここに移動させてくる。そしたら、セラのために砂糖菓子を作ってくれるかい、アン？　作れるかい？」

「はい。作ります」

迷わず応じたのは、妖精たちのすがるような目に心が動いたからだった。さらに自分の前で消えかける命をどうにかしなければという、焦りを覚えた。

「行ってくる！」

身を翻《ひるがえ》したギルバートの方へ、木陰《こかげ》から飛び出したフラウが駆け寄っていく。

「ギルバート。わたしも、一緒《いっしょ》に行きます」

「ありがとう、フラウ」

頷《うなず》き返したギルバートは、フラウとともに木々の向こうへと姿を消す。

どうしよう、どうしようと、焦り哀《かな》しみ騒《さわ》ぐ妖精たちの真ん中で、ミスリルがすっくと立ちあがった。

「おまえら落ち着け！　聞いてただろうが！　アンが砂糖菓子を作ってくれるって言ってんだ。アンは銀砂糖師だ。銀砂糖師の作る砂糖菓子がどんだけ妖精の力になるのか、おまえたちだってわかるだろう。大丈夫《だいじょうぶ》だ」

ぴたりと口を閉じた妖精たちの視線が、アンに向かう。アンは彼らに向かって、できるだけ落ち着いた態度で頷いてみせた。

「作るわ。銀砂糖が運ばれてきたら、すぐに作るから」

間に合うだろうかという不安はあるが、ここであえてそれを口にして、さらに妖精たちを混乱させる必要はないと判断した。アンの肩《かた》に手が触《ふ》れた。

シャルだった。彼は、よくやったと励《はげ》ますような視線をアンに向けると、傍《かたわ》らに立ち、妖精たちを見回す。

「セラが、ゆったりと休める場所に連れて行け」

アンの隣《となり》に立っていた妖精が、恐《おそ》る恐る手を伸《の》ばすと、両手でセラの体を持ちあげた。

「花の褥《しとね》に連れて行こう」

それがいいと、周囲の妖精たちは口々に言い、そのまま彼らはセラを掌《てのひら》に乗せた妖精を取り囲むようにして、廃墟《はいきょ》の方へと向かっていく。

「ありがとう。砂糖菓子を作ってくれるんだね。ありがとう。僕さ、楽園生まれなんだよね。

セラとリラの視線で生まれたからさ、二人がいなくなるのがすごく嫌《いや》なんだ。怖《こわ》いって、思う」

アンの指にすがりついていたリューが、涙《なみだ》ぐみながら、アンの指に頬ずりした。それからぱっと手を放し、下草の上に降りると、涙のにじむ目をこすってへへっと笑う。

「もうリラが、いないから。慌てちゃったけど、良かった。僕も、セラのとこへ行こう」

（リラ？）

さっきも妖精《ようせい》たちが「リラ」と口にしていたのを思い出す。そういえばここに連れてこられて目覚める直前、夢の中で、セラに似た声もその名を呼んでいた気がする。

「あ、ねぇ。待って」

駆け出そうとしたリューを、呼び止めた。

「リラって、誰《だれ》？」

「セラと同じ時、同じものから生まれた妖精だよ」

そこで彼は、ふっと哀しそうな顔をした。

「もうリラ、消えちゃったけど……。残ってるのはセラだけ。じゃ、行くね！」

廃墟に跳《は》ねていく少年妖精を見送りながら、アンは呟《つぶや》いた。

「消えたって、どこかに行ってしまったってこと？　それとも寿命で……？　どっちにしてもリラって妖精がいたら、セラは大丈夫なのかな？」

「どういう意味で、彼らがリラという妖精を頼《たよ》りにしているか、わからない」

廃墟の方を見やりながら、シャルが応じる。

「そうだよね。でもわたしの砂糖菓子で、セラは元気になるかな?」

「大丈夫だと思うぞ。見た感じ、かなり弱ってたけど、アンの砂糖菓子を食べれば元気になれるんじゃないかな」

とことことテーブルの端《はし》に近づいてきたミスリルも、しみじみと廃墟を見やる。

「それにしてもセラは、すごく慕《した》われてんだな。俺様と同じくらい、慕われて頼りにされてんだなぁ」

「おまえを慕う空想のお友だちが、沢山《たくさん》いて良かったな」

さらりと嫌みなシャルに、ミスリルは地団駄《じだんだ》を踏《ふ》む。

「空想じゃないぞ、空想じゃ! アンも、おまえも、キャットもベンジャミンもキースもあのチビも、何なら銀砂糖子爵《ししやく》も、絶対俺様を慕って頼りにしてるんだからな」

「驚《おどろ》きの事実だな。俺はおまえを慕っていたのか?」

「驚け! 事実だ。おまえは俺を慕ってる!」

妖精二人のやりとりに苦笑《くしよう》しながら、アンは光の射《さ》す廃墟に目を移す。

(砂糖菓子を、作らなきゃ。あんなに妖精たちが心配してる、セラのこと)

あまりにも強引《ごういん》に引き込まれてしまった楽園。それが不快で不満でもあるが、かといって妖精一人を見殺しにはできない。

セラが口にした望みにどう答えを出すかも、父親であるギルバートはどうするのかも、答えが出ないどころか、考える前ですらあるのだが、とりあえず砂糖菓子を作らねばならない。

ギルバートとフラウが箱形馬車を楽園に運んで来た時には、既《すで》に陽《ひ》が沈《しず》んでいた。

荷台の作業場に灯《あか》りを入れると、アンはすぐに樽から銀砂糖をすくいあげ、作業台にある石板に広げた。

砂糖菓子を作るのに必要な澄《す》んだ冷水が、楽園には豊富なのが助かった。シャルがそれを運んでくれ、その作業が終わると御者台《ぎょしゃだい》で休んでいた。この場所に対する彼の警戒心《けいかいしん》はまだ強いらしい。アンたちの近くで、何事かあればすぐに動けるように控《ひか》えてくれているのだ。

銀砂糖に冷水を加え、ざっくりと混ぜ、少しまとまると両掌で練り始めた。

「何の形の砂糖菓子を作るんだ？　アン」

作業台に立つミスリルが、色粉の瓶《びん》を眺《なが》めながら問う。

「最高の技術で作られ、なおかつ形がその妖精にとって意味があるものであるほど力になるって、ルルは言ってた。でも今はセラから訊《き》けないし」

セラはあれから目を覚まさない。

本人から訊けない代わりに、楽園の妖精たちに、セラにとって特別で、好きなものは何だろうかと訊いてみた。互《たが》いに顔を見合わせ、あるいは考え込んで、彼らが口にした答えは全部一緒だった。

それは、楽園。

この楽園は十年ほど前に、セラとリラの二人が作りはじめたらしい。

最初に、記憶《きおく》を失ったギルバートを協力者としてこの場所に引き入れ、それから徐々《じょじょ》に、使《し》役《えき》者の手から逃《のが》れた妖精たちを集めたのだという。妖精たちが増えると、セラとリラは協力者も増やし——今の楽園になった。

セラ自身が作りあげたこの楽園が、セラにとって特別で、好きなもの。妖精たちは口を揃《そろ》えて、そう答えた。

確かに、とアンも思う。理想的なこんな場所を作りあげることができたら、アンとて、この場所が自分にとって最も大切で特別なものだと言うかもしれない。

（けれど……）

と、ふと思う。

（自分の作った楽園にシャルとミスリル・リッド・ポッドがいたら、わたしは絶対に、一番大切なものって訊かれたら、楽園ではなくて、シャルとミスリル・リッド・ポッドって答えるかも）

幸せな場所があっても、二人がいなければ嫌だった。だとすればアンにとっては、二人と一緒にいられる場所が、楽園になるのかもしれない。

自分は本当に小さな人間だと、内心苦笑する。でもそれが自分の身の丈《たけ》に合っているのかもしれない。沢山《たくさん》の妖精や人を幸福で包む楽園を作れるほどに、自分の器《うつわ》は大きくない。

その点で言えば、セラの器は大きいのかもしれない。彼女が楽園を慈《いつく》しんでいるのだとしたら。

「みんな、セラにとって特別なのは楽園だって言う。でも楽園ってどんな形にすればいいのか、漠然《ばくぜん》としすぎてる」

楽園とは、この景色と、妖精と人が穏《おだ》やかに自由に住むこの場所のありかたも含《ふく》めた言葉だ。それを形にして捉《とら》えるのは、難しい。

「とりあえず楽園の景色の中にある、何か……花とか小鳥とか、そんなものを作ろうと思う。形がわからないって悩《なや》み続けるよりも、一刻も早く何かを作って食べさせてあげたい。それで少し元気になったら、セラから話を聞いて作ればいい」

「なるほど、応急処置ってことか」

「うん」

「植物なら、緑系統の色粉が多く必要だな。あとは花の色で、赤、黄、青、と」

てきぱきと、ミスリルは色粉の瓶を並べていく。

(急いで作らなくちゃならないけど、おざなりに作りたくはない)

この場所で目にして印象深かったものを、形にできないだろうか。そう考えて練りを続けていると、脳裏《のうり》に強く残っているものが徐々にはっきりしてくる。

(緑の天蓋《てんがい》。赤い花)

アンが楽園で目覚めたとき真っ先に目に入ったのは、光がこぼれる、絡《から》まった蔦《つた》で形作られた緑の天蓋と、さらに自分の周囲を埋《う》める天鵞絨《ビロード》のような厚みのある花弁の赤い花だった。

(わたしの視点で、わたしが印象深くて美しいと思うものになってしまう。けれど、今はこれでいい)

心を決めて、ミスリルに言う。

「一番左、濃《こ》い緑の色粉の瓶をお願い」

「よしきた！」

練った銀砂糖を幾《いく》つかにわけると、それぞれに、濃い緑、薄《うす》い緑、黄の強い緑、青みの強い緑と色づけし、微妙《びみょう》に色合いが違《ちが》う緑の銀砂糖を作る。それらの塊《かたまり》の一部を取りわけると、軽く混ぜ、緑のグラデーションにして薄くのばし、ナイフで切り出し、小さな葉の形にした。

それを二十枚以上作りあげると、今度は細長く紐《ひも》状に切り出す。切り出されたそれを軽く石板の上で転がし、さらに細くした。またこれも二十本以上作った。

次に、細い緑の紐を幾本か手に取り、編むように石板の上で絡ませる。ただ規則性を持たせず、なるべく無秩序《むちつじょ》に、縦横斜《なな》めと、気まぐれに絡める。無秩序に絡まったそれには、大きさの違う隙間《すきま》ができる。

両掌《りょうてのひら》を広げたほどの、絡み合った無秩序な緑の編み物ができあがると、それを周囲からそっと圧迫《あっぱく》した。ほどよく固まったそれらが柔《やわ》らかく中心へ向けて膨《ふく》らむ。ドームと呼ぶには高さもなく、膨らみも凸凹《でこぼこ》しているが、それが狙《ねら》いだった。

緑の編み物に細い切り出しナイフを当て適当な場所を薄く削《そ》ぐと、くるりと先端《せんたん》が丸まり、蔓《つる》先のようになる。あちこち削いでいくと、緑の編み物が、蔦が絡み合ったもののように見えてくる。

さらにそこに、別に作っておいた小さな葉を配置していく。

光がまだらに透《す》ける、蔦の天蓋ができあがった。

「今度は、赤の色粉をお願い。ミスリル・リッド・ポッド」

「どの色味を、どのくらいだ?」

アンが作りあげる蔦の天蓋に見入っていたミスリルだったが、お願いすると、すぐに頼《たの》もしく応じてくれる。

「できるだけ濃い赤を。そんなに多くなくていいから……、濃い順に三つ」

「よし」

取り分けておいた銀砂糖の塊に、今度は赤い色粉を三種類混ぜる。完全に混じり合う直前に練りをやめると、これもよく見れば濃い赤のグラデーションになっていた。それを爪《つめ》の先ほどほんの少しちぎり取り、指先で花びらの形に整える。幾つも作り、重ねて、花にする。

赤い花を作ると、でき次第《しだい》、緑の天蓋に配置していく。

花の数は、多すぎても不自然だし、少なすぎても寂《さび》しい。位置も、下手にバランスばかりを気にすると、自然な感じが失われる。とはいえ、まったく気遣《きづか》わなければ美しくない。

集中しながら花を配置し、これでいいだろうと手を止めた。

(これ以上は、わざとらしくなる。これで、いい)

ミスリルが、アンが手を止めたのを肯定《こうてい》するように、うんと頷《うなず》く。

「いいぞ、アン。綺麗《きれい》だ」

「すぐに、セラのところへ行こう」

しっとり汗《あせ》ばむ額を拭《ぬぐ》い、手を冷やすと、緑と花の天蓋を薄い石板に載《の》せ替《か》える。ミスリルが肩《かた》に乗ると、石板を手にして馬車のステップを降りた。

シャルも、御者台から降りて来た。

「できたのか？」

「うん。すぐにセラのところへ行く。あの廃墟《はいきょ》にいるのよね、今も」

「そうらしい」

陽が沈んでかなり時間が経《た》っていたが、月が明るかった。さすがに木々の下には濃い闇《やみ》があるものの、枝葉の少ない場所は下草の葉先も見えたし、廃墟はぼんやりと月光に浮《う》かび、周囲を巡《めぐ》る清い流れにも、月光が反射していた。

ランタンがなくても歩けるほど、明るい。

青白い光に照らされる夜の景色も、楽園らしい静けさと穏やかさに包まれている。

シャルとミスリルを伴《ともな》い、急いで廃墟へ向かうと、射しこむ月光に照らされる緑の天蓋の下に、幾人かの妖精《ようせい》の姿があった。赤い花を敷《し》き詰《つ》めた寝台《しんだい》を囲んでいた彼らは、アンたちが入ってきた気配にふり返った。彼らは、アンが胸の前に捧《ささ》げ持つ石板に載った砂糖菓子《がし》を目にすると、一斉《いっせい》に嬉《うれ》しそうな声を出した。

「作ってくれたんだ、砂糖菓子！」

寝台の上にいたリューが、目を輝《かがや》かせ声を弾《はず》ませる。

「セラの様子は？」

「まだ、目が覚めない」

心配そうに背後を見やった少年妖精に、アンは頷き、早足で寝台へ近づく。妖精たちが場所を空けた。

セラは、赤い花に埋もれて目を閉じている。

アンの傍《かたわ》らに立ったシャルが、痛ましげに言う。

「意識がない」

肩の上のミスリルも、呻《うめ》く。

「どうやって食べさせようか？　意識がないのに」

「大丈夫《だいじょうぶ》」

石板を寝台の上に置くと、砂糖菓子を慎重《しんちょう》に両手で持ちあげた。

「ルルの時も、そうだった。触《ふ》れさえすればいいの。だからこの形にしたの」

以前アンは、仲間の職人たちと力を合わせ、師匠《ししょう》である銀砂糖妖精ルルの命を砂糖菓子で繋《つな》ぎ止めたことがある。

緑の天蓋の砂糖菓子を、セラの体を覆《おお》うようにそっと置く。

月光が、砂糖菓子の蔦の隙間からこぼれ、白いセラの顔や髪《かみ》、力なく広がる羽の上に落ちる。

体の脇《わき》に置かれていた両手は、砂糖菓子の縁《ふち》に触れていた。

ミスリルが、ほうっと息をついたのが聞こえた。

「綺麗だな……セラは」

小さな赤い花が散る緑の天蓋の下で、まだらな月光に照らされる小さな妖精は、ほっそりと儚《はかな》げ。今にも消えそうな風情《ふぜい》さえも、彼女の持つ色彩《しきさい》と相まって魅力《みりょく》的だった。

アンとシャル、ミスリル、そして妖精たちが見守っていると、緑の天蓋の砂糖菓子が、きらきらと月光とは違う輝きを帯びる。

それは妖精が生まれるときや、シャルが刃《やいば》を形にするときの輝きに似ていた。

砂糖菓子がほろほろと崩《くず》れていく。

セラを覆う天蓋の一部にじわりと穴が開き、そこを押し広げるようにして砂糖菓子が崩れ、そして——全体が光の粒《つぶ》になって消えた。

光の粒はセラを覆うようにまといついていたが、頬《ほお》や額、手、あらゆる所に触れると吸い込まれるように消えていく。

妖精たちは固唾《かたず》を呑《の》み、セラを見守っていた。

その場にいる皆《みな》の視線が集まる中で、セラの白い睫《まつげ》が震《ふる》え、目が開いた。紫紺《しこん》の瞳《ひとみ》が現れた。

「セラ！」

リューが声をあげ、セラに抱《だ》きついた。妖精たちもわっと歓声《かんせい》をあげ、アンの肩を叩《たた》き、握手《あくしゅ》を求めてアンの手を握《にぎ》ってぶんぶん振《ふ》った。

「……良かった」

ほっと、アンは力が抜《ぬ》ける。

へたり込みそうなほど安堵《あんど》して、自分がとても疲《つか》れているのを自覚した。

考えてみれば今朝楽園で目覚めてから、様々な事実が明らかにされ、随分動揺《ずいぶんどうよう》し続けていたので、すっかり精神的に疲れていた。その上砂糖菓子を作ったのだから、疲れは当然かもしれなかった。

「……砂糖菓子を……作ってくれたの？　アン」

おいおい泣くリューにしがみつかれたまま、セラは瞳だけを動かし、アンを見やった。

アンは微笑《ほほえ》んだ。

「美味《おい》しかった？」

セラは目を細める。

「甘かったわ。とても甘かった」

（え……？）

アンは目を瞬《またた》く。微笑む表情とは裏腹に、セラの声音《こわね》と瞳が、なぜか哀《かな》しげだったからだ。

（目覚めたのに。どうして？）

目覚めた彼女の紫紺の瞳には、喜びが見て取れなかった。

しかしセラは、妖精たちの喜びに応《こた》えるように、自分にすがりつくリューの頭を撫《な》で、覗《のぞ》き込む連中に笑顔《えがお》を向ける。

その瞳には、一瞬《いっしゅん》アンが感じた憂《うれ》いは見えない。

（セラ？）

アンの気のせいなのかもしれないが——気になった。


妖精たちは「よくやってくれた」とアンに感謝し、とりあえず休んでくれと勧《すす》めた。そしてアンとシャル、ミスリルのために、家を一つ空け、そこで寝《ね》るようにと案内してくれた。

廃墟から近い小さな家で、ベッドが二台あり、食卓《しょくたく》用らしい削《けず》りの粗《あら》いテーブルと、椅子《いす》が二脚《きゃく》ある。見あげれば天井《てんじょう》は梁《はり》がむき出しで、干し草を葺《ふ》いた屋根の裏側が見えた。竈《かまど》などはないが、寝《ね》起《お》きするには充分《じゅうぶん》な場所だ。

さらにはお腹《なか》が空《す》いているだろうと、妖精たちは色々な果物を運んで来た。果物は森の中で採れるものらしく、小さくて酸《す》っぱい赤い実とか、野いちごを乾燥《かんそう》させたものとか、小粒《こつぶ》な葡萄《ぶどう》などだ。どれも香《かお》りがいい。シャルやミスリルが手をかざして吸収すると、香りがいいと言っていたので、妖精にとっては素晴《すば》らしいごちそうなのかもしれない。

人間のアンにとっては酸味がきついが、いい香りは妖精たちと同じく感じられた。ただお腹にたまるものではないので、馬車に積み込んでいた乾燥肉などを食べた。温かい茶まで運んでもらい、そこそこ満足な夕食にありつけた。

満腹になると、ミスリルは一方のベッドの真ん中に大の字になり、すぐにいびきをかきだす。食卓に頬杖《ほおづえ》をついたシャルは、それを横目で見やって呆《あき》れ顔だ。

「こんなわけのわからない場所で、よく熟睡《じゅくすい》できる」

図太いのはもちろんなのだが、昨夜からのことを思い出してみれば、倒《たお》れてもおかしくないほどに体力的にも精神的にもきつかっただろう。アンもヘトヘトだったが、ミスリルはその小さな体で頑張《がんば》ったのだ。

「わたしが心配かけたし、疲れちゃったんだよね、きっと。ごめんね、シャルも。わたしがさらわれるような、へまをしたから」

「危険は承知で、しかも罠《わな》にはまる覚悟《かくご》で来た旅だ。そうしなければ、何も解決しなかったのだから、あれは必要なことだった。そのおかげで事の真相がわかった」

「……真相がわかったけど。でも色々知って、わたしは、どうすればいいのかな？」

茶の入った木のカップを両手で包み込みながら、窓の方へ視線を向けた。

窓にはガラスなど入っておらず、つっかえ棒で支えられた木の戸がついている。

窓からは、月光に照らされる廃墟《はいきょ》が見えた。先ほどまで妖精たちがセラを囲んでわいわい嬉しそうに騒《さわ》ぐ声がしていたが、既《すで》にそれもおさまり、楽園は静かな虫の音だけが響《ひび》いている。

「セラは、わたしに楽園の仲間になって、ここに住んで欲しいのよね。セラは寿命《じゅみょう》が……だから、わたしのような砂糖菓子職人がずっと一緒《いっしょ》にいて、砂糖菓子を作って欲しいって思ってるのよね」

月明かりがわずかに弱まり、廃墟の輪郭《りんかく》がぼやけるが、またすぐにくっきりとしてくる。月の表面を雲が流れているのだろう。

「強引《ごういん》にここに連れ込まれたのは、怖《こわ》かったし、不安だったし、本当に不愉快《ふゆかい》なことだった。でもそんなふうに強引に連れてきたのは、必死だったからなんだって……わかった。あの姿を見たら」

椅子の背にゆったりともたれかかると、シャルは腕組《うでぐ》みし、アンと同じように廃墟へと目を向けた。

「砂糖菓子で繋ぐ命は、かりそめだ」

静かな声音に、はっとする。

(確か、ルルも言ってた。かりそめだって)

アンの師匠と言える銀砂糖妖精ルル・リーフ・リーンは、別れ際《ぎわ》に同じことを言っていた。砂糖菓子《がし》で命を繋いだとしても、それはかりそめのことなのだと。仮に砂糖菓子で一年寿命が延びたとしても、次には同じ砂糖菓子で延びる寿命は半年になり、その次には一ヶ月になり――そんなふうになっていくと。

「おまえが楽園の仲間になって、砂糖菓子を作り続けても、永久にセラの命を繋ぎ止めることはできない」

「セラも、それはわかってるよね?」

暫《しば》し考えるように沈黙《ちんもく》したシャルは、頷《うなず》く。

「砂糖菓子に関する知識がなく、砂糖菓子を食べたことのない妖精《ようせい》であれば、その辺りの感覚はわからないかもしれない。セラも、知らなかった可能性がある。良い砂糖菓子を食べれば寿命が延びると、その事実だけを伝え聞いていたのかもしれない。砂糖菓子を手に入れられる妖精は、少ないからな。だからこそ、おまえを楽園の仲間にと望んだのかもしれないが。ただ」

シャルの羽は、椅子から床《ゆか》に流れていた。気持ちが落ち着いているのか、根元から先端《せんたん》にかけて、徐々《じょじょ》に薄《うす》くなっていく穏《おだ》やかな薄青色《うすあお》のグラデーションに輝《かがや》いている。

「セラはさっき、おまえの砂糖菓子を食べた。それでわかったはずだ。砂糖菓子を食べても、根本的に自分の命が強固になったわけではないと、感覚で理解できるはずだ」

「あ……、もしかして……」

目覚めたとき、セラの目に浮《う》かんだ哀しみの表情が脳裏《のうり》に浮かぶ。

（あのときセラは目覚めて、わかったのかもしれない。砂糖菓子で繋ぐ命が、かりそめだってこと。だからあんな目を）

手元のカップに、アンは視線を落とす。

「がっかりしたのね、かりそめの命とわかったから」

この美しく穏やかな楽園は、セラが作ったと言っていた。妖精たちのセラに対する信頼《しんらい》の態度を見ればそれは事実で、楽園のリーダーなのだろう。楽園を築いてまとめる役目を担《にな》っているセラが消えることで、楽園がどうなるのか、彼女は危《あや》ぶんでいる。

「砂糖菓子で寿命が少し延びれば、その間にセラの代わりに楽園を守る、次のリーダーを決められるかもしれない。そうしたら楽園は今のままでいられる。そのためだったら、わたし、まだ幾《いく》つかセラのために砂糖菓子を作るべきかもしれない」

セラにとって意味のある形の砂糖菓子を作れば、彼女の寿命が一年くらいは延びるだろう。

再びアンは、窓の外へと目を向けた。

「理想的だと思うの、この場所。妖精と人間が一緒にいて、穏やかに暮らしていて。砂糖菓子の工房《こうぼう》も妖精と職人たちが一緒にいられる場所になっているところもある。けれど結局、それは特殊《とくしゅ》な世界でしかない。こんなふうに、当たり前に、妖精と人間が一緒にいるって、とても素敵《すてき》。王国全土が、こんなふうになったら、どんなに幸せかって思うの。もしかしたら、わたしとシャルやミスリル・リッド・ポッドにとっても、ここで暮らすのが最も幸せじゃないかって思えるくらい」

シャルが、アンの横顔を見やる。

「セラの要求どおり、ここに住むつもりか？」

「ううん」

迷わず、アンは首を横に振《ふ》った。

「理想的だけれど、わたしは色々な人のために砂糖菓子を作りたい」

そう口にして気づく。楽園は理想的と言いながら、砂糖菓子職人としては、ここで暮らすのは満足できないのだ。

「職人としての、わがままよね、これって。シャルの伴侶《はんりょ》としては、ここで暮らすべきかも」

「いや」

即座《そくざ》に、力強くシャルが否定する。

「砂糖菓子職人でなくなれば、おまえではなくなる。だからそれはおまえが、おまえである限りは譲《ゆず》れないことだ。俺も、おまえでないおまえの、伴侶でいるつもりはない」

黒曜石の瞳《ひとみ》の強さと労《いたわ》りが、胸にしみた。

「わたし。シャルが夫で……幸せ……」

つい口に出し、はっとした。恥《は》ずかしくなりカップの中を覗き込むようにして顔を伏《ふ》せる。

（これで、いいんだもの。スカーレットも言ってたもの。愛には素直《すなお》にって。だから言うべきことだった）

わかっていても、気恥ずかしさには慣れない。

ふとシャルが動いた気配がしたので顔をあげると、テーブル越《ご》しに彼が身を乗り出してアンを覗き込んでいる。ぎょっとのけぞりそうになったが、頬《ほお》に手を当てられ、硬直《こうちょく》した。

「おまえが妻で、幸せだ」

囁《ささや》きとともに、口づけされる。唇《くちびる》が離《はな》れると、シャルはアンの顔を見て少し満足げな表情になった。それを見て、気づく。自分はきっと赤い顔をしているのだと。アンを恥ずかしがらせた自分が、今回の勝負には勝ったと言いたげだった。

アンはすっかり失念していたが、そういえば二人の間で「どちらがより相手を恥ずかしがらせるか」の勝負が、暗黙《あんもく》のうちに繰《く》り広げられている最中だった。

このおかしな勝負に、シャルは飽《あ》きることがなさそうだ。

「ギルバート……おまえの父親のこともある。彼のことも、考える必要があるだろう」

「そうね」

思わず顔が曇《くも》ったのは、アンは父親にどう対処するべきか、まったくわからないからだ。過去の記憶《きおく》を失い、今も時々現在の記憶を失ったり混乱したりする彼を、フラウは見捨てるなと言った。確かに父親である彼が困難の中にいるならば、見捨てられはしない。

しかしこの楽園で過ごすのがギルバートの幸せであれば、そのままで良いのではないだろうか。実際彼は十年もここにいると言っていた。居心地《いごこち》がいいのだろう。

アンと父親は別の存在なのだから、別々に生き、ときに互《たが》いの消息を知らせ合うだけでもいい。しかしそれは、親子としてはいびつなのだろうか。

ギルバートはどう考えるだろうか。

自分は、どうしたいのだろうか――。

「よく、わからない。パパのことは。どうするべきか」

ギルバートが父親だと確信しても戸惑《とまど》いが大きく、自分がどうしたいのかわからなかった。子どものように、ギルバートのそばにいて甘えたいとは思わない。けれどせっかく出会えた父親というものに、あっさり背を向けられないほどには気にかかる。

――君のような子が娘《むすめ》なら、きっと誇《ほこ》らしいだろうな。

ギルバートにかけられた言葉を思い出す。

（これからパパと離れずにいたら、あんなふうに、わたしを『子ども』として見てくれる人が

近くにいるってこと……)

　シャルという伴侶があり、ミスリルという友がいて、沢山《たくさん》の職人仲間もいる。かけらも寂《さび》しくはないが、彼らとはまた違《ちが》う、親という存在がそばにあるのは、心強く嬉《うれ》しいだろう。
(パパ)
　慣れない言葉は、心の内で繰り返すと温かい物のように感じる。

　椅子《いす》に座り直したシャルは、目でベッドを示す。

「とりあえず、今日は眠《ねむ》れ。疲《つか》れているはずだ」

「シャルは?」

「おまえたちが砂糖菓子を作っている間に、休んでいた。そこまで疲れていない。先に寝《ね》ろ。眠る気になったら、おまえのベッドに行く」

「えっ!?　そそそ、それは!　ミスリル・リッド・ポッドが隣《となり》にいるし!」

　かっと耳が熱くなり、大慌《おおあわ》てで両手をふった。

「冗談《じょうだん》だ。眠くなったら、そこでいびきをかいている奴《やつ》を蹴飛《けと》ばして、あちらのベッドに行く」

　がくっと、アンは力が抜《ぬ》ける。

(この変な勝負、わたしに勝ち目がない)

　しかしこのおかげで気分も和《やわ》らいだ。髪《かみ》をとき、ドレスの紐《ひも》を緩《ゆる》めてベッドに入ると、すぐに深く眠れた。

ベッドに入るとすぐに寝息《ねいき》を立て始めた妻を、シャルは見つめていた。

(本当にアンのベッドに行ったら、目が覚めたとき大騒《おおさわ》ぎするだろうな)

面白《おもしろ》いかもしれないと思ったが、アン以上にミスリルが騒ぎそうだ。それは鬱陶《うっとう》しいので、やめておいた方がいいだろう。

窓から、楽園の景色を眺《なが》める。

「……妙《みょう》な場所だ」

思わず言葉がこぼれたのは、楽園の美しさと穏《おだ》やかさが、信じられないからだった。

生まれてから百年、シャルは様々な経験をした。リズが死んだ後あちこち彷徨《さまよ》い、妖精狩人《ようせいかりゅうど》に狩《か》られ、使役《しえき》され。シャルはこの王国の様相をそれなりに知っている。

人間に見つかれば早々に狩られ、使役されるのが、人と比べて数の少ない自分たちの逃《のが》れがたい運命だった。使役者の手から逃《に》げ出しても、再び捕《つか》まる連中が多いのは、妖精だけで生きていくのが、困難だからだ。

妖精も食べるものが必要だし、道具も衣類も必要だ。

妖精たちは個々に生まれる。それが、まとまりになるためには大きな壁《かべ》になる。

集団になるのが困難なために、農耕や機織《はたお》りや道具作りや、そんな技術を個々に持っていたとしても、継承《けいしょう》するのが難しい。何かのきっかけで数人の妖精が寄り集まっても、人間の村のように、全《すべ》てを自分たちでまかなって、内部で完結して暮らすことは難しい。

だからこそ妖精たちの文化は潰《つい》え、歌すらも消えたのだ。

こうした楽園のような場所を作ったとしても、人間の作るものや技術が必要で、外との関《かか》わりを持ち続けなければ成立しない。

妖精たちだけでは、立ちゆかない。それを知ったからこそ、銀砂糖妖精になるために集められていたホリーリーフ城の妖精たちも、人の中で妖精の居場所を作る未来を選んだのだ。

ただ、この楽園には人間の協力者がいる。

そのために、妖精の楽園が成立しているという。

人間たちは記憶を失って彷徨っていた、行く当てのない者たちだと聞いた。彼らを仲間に引き入れているにしても――そんな都合の良い人間たちを見つけ、集められるものだろうか。

よしんば集めたとしても、人間たちの一人が、邪《よこしま》な考えを起こし、妖精たちを捕まえて売るような暴挙に出ないのだろうか。その危険をはらみながら、危《あや》うさの中にこの楽園はあるのだろうか。

(しかし、そうは思えない)

妖精たちは、協力者を警戒《けいかい》しているそぶりがない。

そんな能天気な妖精たちの集まりなら、早々に楽園など崩壊《ほうかい》しそうだが、家々の様子から、この楽園が何年も存続していることはうかがえる。アンとシャルたちが使っているこの家も、梁《はり》の古さから築十年は経《た》っていると思われた。

セラとリラという妖精、二人が十年前からこの楽園を作り始め、今も存続しているのは事実だ。

(楽園の協力者たちが、たまたま全員、邪心《じゃしん》など起こさない善良な人間だったか?)

気弱そうで、温和で優《やさ》しげ。そしておかしな記憶の混乱を抱《かか》えるギルバートの様子を思えば、その可能性もなきにしもあらずだが——。

(一人、二人ならば、ギルバートのような人間がいるかもしれない。だがここには、六人も協力者がいると聞いた)

アンはセラから、そう聞かされたらしい。

(六人は多すぎる)

月光の中で静かに眠る楽園を眺め、シャルは思う。

(世界は、それほど優しくないはずだ)

「あっああ――っ！　最悪だ！」

ミスリルの悲鳴で、アンは飛び起きた。

「な、何⁉」

悲鳴のあがった隣のベッドを見ると、そこにはシャルが、物憂《ものう》げに横たわっている姿があった。そして彼の脇《わき》に、ミスリル・リッド・ポッドがしゃがみ込んでいる。

「くそうっ、しくじった」

悔《くや》しげに、ミスリルがシーツを叩《たた》くと、埃《ほこり》がふわふわと、射しこむ朝陽《あさひ》の中で舞《ま》った。

「え、えっと。何をしくじったの？」

目をこすりながらも身を乗り出して問うと、彼はくぅっと唇《くちびる》を噛《か》む。

「俺様の使ってたベッドの上を、散らかしておけば良かった。そしたらシャル・フェン・シャルは、アンと一緒《いっしょ》に寝るしかなくなってただろう⁉　そしたら寝起《ねお》きに、胸躍《おど》る光景を見られたはずなのに。起きて目にしたのが、ぶすっと寝てるシャル・フェン・シャルの顔だなんて、最悪だ。これをしくじったと言わずして、なんて言うんだよ」

「えっと……そうなの？」

としか返事ができなかったのは、いつでもどこでも常に平常運転のミスリルに、呆《あき》れるより感心したからだ。彼はどんな状況《じょうきょう》でも自分の楽しみを忘れない。ある意味――大器だ。

「まともに相手をするのも、馬鹿馬鹿《ばかばか》しい」

言いながら身を起こしたシャルは、ベッドを降りると家の外へと出て行く。

「アン。なんだって一緒のベッドに入らなかった⁉　妻だろう⁉」

「でも、二人で使うにはベッドが小さくて狭《せま》いし」

「情緒《じょうちょ》のないこと言うな」

「情緒なの？　それ」

「情緒だ、情緒！　二人には夫婦《ふうふ》になっても情緒が足りない！」

きゃんきゃん怒《おこ》るミスリルに辟易《へきえき》し、まあまあと適当にいなしながら、アンも外へ出た。

朝の風がアンの髪を揺《ゆ》らす。髪の間を吹《ふ》き抜ける爽《さわ》やかな涼《すず》しさに、目を細めた。静かで穏やかで、明るい。まさに楽園の朝だ。背後の家の中で、情緒だと喚《わめ》く、ミスリルの声さえなければ。

先に外に出ていたシャルの背にある羽も、穏やかな薄緑《うすみどり》色の輝《かがや》きだった。

「馬車に、荷物を取りに行ってくるね、シャル。手鏡がないと髪も結べないし」

「一緒に行く」

ふり返った彼に、アンは手を振《ふ》る。

「たいした荷物の量じゃないから、一人で大丈夫《だいじょうぶ》よ。危険もないでしょう？」

すこしの沈黙《ちんもく》はあったが、シャルは「まあ、そうだな」と頷《うなず》いた。そのわずかな沈黙が、気になった。

「何かあるの？」

「何かは、ある。だが今は、おまえに危険はないだろう」

おかしな物言いをするとは思ったが、危険がないとシャルが言うからには大丈夫だろう。

森の中を歩いて行くと、木立の向こうに馬車の姿が見えた。馬車の側面を見あげるように、ギルバートとフラウの姿があった。

昨夜は、すぐにでもセラに砂糖菓子《がし》を作らなければと焦《あせ》っていたので、馬車をここまで運んで来た彼らに、簡単な礼しか言わずすぐに作業に入ってしまっていた。

「ギルバートさん」と呼びかけようとして、考え直し、呼ぶ。

「パパ。フラウ」

ふり返ったギルバートは驚《おどろ》いた顔をしたが、すぐに満面の笑《え》みになった。フラウの視線はうろうろと彷徨うが、結局アンに向かって会釈《えしゃく》する。

「昨日は馬車を、ありがとう。昨夜はあまり、しっかりお礼を言えなくて。何してるの？」

「馬車を運んだのはセラのためだからね。君が、頭を下げる必要はないよ。逆に、僕たちがお礼を言わなきゃいけない。君の砂糖菓子で、セラが目を覚ましたんだから」

屈託《くったく》ない笑みにつられ、アンも微笑《ほほえ》む。

「パパも、本当にセラが好きなんだ」

寝癖《ねぐせ》のついた髪《かみ》を、ギルバートは照れたように掻《か》く。

「そりゃね。恩人……いや、恩妖精？　とにかくリラとセラが、僕をここに連れてきてくれて、住む場所も食べ物もくれたしね。十年、とても穏やかに暮らせてるから。ここが、好きだし」

「わたしも、当たり前みたいにシャルとミスリル・リッド・ポッドと一緒にいるけど。パパも、そうなんだ」

「あれこれとこだわる連中がいるのは、知ってるけどね。僕は、食べ物の趣味《しゅみ》が違《ちが》うなぁってくらいしか、気にならない」

思わず、アンは噴《ふ》き出す。確かに昨日の夜に供された果物は、シャルとミスリルには大好評だったが、アンは震《ふる》えが来るほどに酸《す》っぱかった。

（もしママが、パパと初対面のときにこんな話をパパからされたら――、ママ面白《おもしろ》がって笑い転げて、パパのことすぐに気に入りそう）

想像すると、ギルバートの記憶《きおく》が失われているのが惜《お》しかった。

そして、ふと思う。もしエマとギルバートが離《はな》ればなれにならなかったら、幼い頃《ころ》から続いていたアンの旅は、もっと愉快《ゆかい》で笑いにあふれていたかもしれない。

（この馬車で――家族三人で）

どんな旅だったかと、想像すると楽しい。そこでふと、気になった。

「あれ？　でも、ここで何してるの？　馬車に何か用があったの？」

「ああ」

と、ギルバートは馬車を見あげた。

「今はね、フラウに色々訊《き》いていたんだ。知りたくて、色々」

「訊くって、何を?」

感慨《かんがい》深げな目をするギルバートの傍《かたわ》らで、フラウが、おどおど口を開く。

「この馬車の記憶を読んで、ギルバートに伝えてたの」

「読む? 記憶を」

こくんと頷くと、フラウの金の髪が朝陽に透《す》けて揺れた。

「わたしの能力は、物や人に触《ふ》れて、記憶を読むことで……。読むと言っても、映像で見えるだけなんだけど。見えたことは伝えられるから」

そこでフラウは目を伏《ふ》せた。

「あなたの夫、シャルを窮地《きゅうち》に陥《おとしい》れてしまったのは、咄嗟《とっさ》に自分の能力を使ってしまったからなの。突然《とつぜん》現れた貴石の彼は、とても強くて鋭《するど》くて、……怖《こわ》くて。何者かわからなくて。彼の正体を知りたくて、咄嗟に自分の力を使って、彼が何者か知ろうとしたの。でも」

ぶかぶかの男物の上衣《うわぎ》の袖口《そでぐち》から出ている両手の指先を、フラウは絡《から》み合わせる。

「妖精《ようせい》や人の記憶を読むと、読んだ相手の記憶を引っ掻き回してしまうみたい。わたしが能力を使うと、相手は混乱するの。読む相手が、意思を持たないもの――たとえば馬車とか、石とか、本とか――そんなものなら平気なの。でも生きているものだと、相手は混乱して」

もじもじと指先を動かしつつフラウは、肩《かた》をすぼめた。金のふわふわの髪の毛先が、アンに怯《おび》えるように震えていた。

(物や人の記憶を読む……じゃなくて、見る能力なんだ)

珍《めずら》しい能力なのかもしれない。能力には代償《だいしょう》が伴《ともな》うこともあるが、フラウの能力の場合は、相手を混乱させることなのだろう。

「わざとじゃなかったって言ってたの、そういうこと」

こくんと頷くので、アンは微笑む。

「わかった。でも、もうやらないでね」

はっと、フラウは顔をあげた。

「怒らないの？」

「シャルは本当に危なかったし、わたしも怪我《けが》したから、怒りたいけど。ごめんなさいって言ってる相手の頭をひっぱたくようにして、許せないって言って何になるの？　それなら二度としないでってお願いしたい」

フラウは複雑な表情で、アンから視線をそらす。照れているような、アンの対応に納得《なっとく》しかねているような、不思議な表情だ。

「どうして馬車の記憶なんて訊いてたの？」

気を取り直してギルバートに問うと、彼は軽く馬車の壁《かべ》を叩く。

「これを僕が作ったというから、いろいろ訊けば何か思い出せるかもしれないと思ってね。あと、僕の妻だったというエマのことも、知りたくて」

　そこでふと、彼はアンの顔を見る。

「そうか。君から、エマのことは聞けるね。どんな人だったんだい、エマは」

「いつも元気で、陽気な人だったわ。わたしが何かでめそめそしても、笑い飛ばすような人で」

　ギルバートを見やると、目が合った。

(ママとパパは、愛し合った)

　それを思うと、彼とエマがどんなふうに出会ったのか、二人でどんな話をしたのか、ギルバートの目を通して見たエマのことを知りたいと強く思った。二人はどんな夫婦だったのだろうか。アンとシャルのように、どちらがより相手を照れさせるか、暗黙《あんもく》のうちに勝負するような、そんなふざけあいをしたのだろうか。

「思い出せたら、わたしも聞きたい。パパの口からママのこと」

「僕も思い出したい。ずっとこの十年、不安ばかりだから」

「十年、何も思い出せないの？」

「そうなんだ。随分《ずいぶん》、長く……」

　と言いかけた彼は、はっと、木立の奥に見える家の方へ視線を向けた。

「あ、まずい。朝食を準備しなくちゃ、みんながお腹《なか》を空かせてしまう。また、ゆっくり話そう、アン」

慌《あわ》てて身を翻《ひるがえ》すギルバートに、目を丸くした。

「朝食って、パパが準備するの？」

「そうだよ。ここにいる協力者、僕を含《ふく》めた六人分の食事は、僕が作るって決まってるんだ。他《ほか》の連中はなんというか……ぼうっとしてるから。そうだ、アン。君たちの分の朝食も、ついでに作って持って行ってあげるよ。ではまた後でね、アン」

駆《か》けていく背中を見送っていると、周囲をはばかるような囁《ささや》き声でフラウが言った。

「アン。お願い。ギルバートを助けて」

声音《こわね》の真剣《しんけん》さにアンは驚き、ふり返る。

「え？　助けるって……」

「ここから連れ出して。あなたが彼の娘《むすめ》なら、彼を連れ出して」

見返したフラウの金の瞳《ひとみ》は、猫《ねこ》の目のようで、美しいが恐《おそ》ろしい硬質《こうしつ》な輝きだ。

「連れ出してって言われても。パパがこの楽園に住み続けて幸せなら、このままの方がいいかもしれない。だってさっきもパパ、ここが好きでセラに感謝もしてるって」

フラウは首を横に振《ふ》る。金の髪が、ふわふわ揺《ゆ》れた。

「違う。ギルバートは楽園に利用されてるの。彼がとても役に立って、うまくいったから、セラは五人も協力者を増やしたみたいだけど。彼みたいな人はいないの。役に立つから、このまま彼はずっと利用され続けるわ」

「利用って……」

ギルバートが向かった家から、老女一人と、酒場でアンたちと会話した農民風の男が出てきた。二人に近づいたギルバートが、何か話していた。

「協力者の人たちは、自由にしてるみたいだし。パパだって自由に動き回ってる。昨日だって馬車を取りに、あなたと一緒《いっしょ》に楽園を出た。パパは自分の意思で、楽園に協力してるように思えるけど」

ふるふると、フラウは首を横に振る。

「そう思わされているだけ。お願い、助けて」

念を押すように囁くと、彼女はちらちらと辺りを見回し、ギルバートの所へ早足で向かった。

(何かがあるんだ、ここには)

シャルも言っていた。何かがあると。

妖精と人がともに平和に住む楽園を作り、守りたいと願うセラのためには砂糖菓子《がし》を作ってあげたい。アンの理想が形になったような、楽園だ。ここに住むのは職人としては望まなくても、こんな場所があり続けるのは尊いと思えるからだ。

だが――この楽園には何かがある。

それを知らずに、アンは砂糖菓子を作ってはならないかもしれない。

五章　奇跡のからくり

ギルバートが、アンたちの使っている家に運んできた朝食は、麦を森の木の実と一緒に煮込《にこ》んだ味の薄《うす》いスープだった。

さらにその後、妖精たちが別にやってきて、昨夜と同じようにどっさりと果物を置いていった。妖精と人は、食べるものが違《ちが》って、別々に食事をとっているらしい。

シャルもミスリルも、妖精たちの食事の方を気に入ったらしいが、アンは、味が薄くとも火を入れて作られたスープの方が好みだった。普段《ふだん》、シャルとミスリルは、人間と同じ食事をとっている。だが彼らは味や温度を感じないので、温かかろうが、味わいがどうだろうが、人間の食事はどれも似たようなものなのだろう。それに比べ、香《かお》りが強い森の果物の方が好みなのは、当然だった。

山葡萄《やまぶどう》をせっせと一粒《ひとつぶ》ずつ、両掌《りょうてのひら》で転がして楽しむように吸収しながら、ミスリルはうむと難しい顔をする。

「それでアンは、セラに砂糖菓子を作ってやるつもりなのか」

「うん。だけど、フラウが言ったことが、とても気になるの。もしここが本当に妖精と人が幸せに暮らしている楽園なら、砂糖菓子を作ってセラの望みを叶《かな》えたい。でも……」

フラウの能力のことや、ギルバートが利用されているとフラウが口にしたことは、この家に戻《もど》ってすぐシャルとミスリルに話した。彼らはフラウの能力の話に驚《おどろ》きもしていたが、それ以上に、ギルバートの件について不可解そうだった。

アンもそのことが、最も気がかりだった。

(何かがある。絶対)

フラウの訴《うった》えは、真剣だった。

「でも、パパが利用されているようには、全然見えないの。さっきも、嬉《うれ》しそうに食事を運んできてくれて。とても無理矢理ここに縛《しば》りつけられている感じじゃない」

「確かに、この香りのないスープを得意げに運んで来たな。俺たちと旅をしているときよりも、晴れ晴れしているようだったが。ただ、確かにこの楽園が成り立っていることこそが、不可解だ」

嫌《いや》みなことを言いながら、シャルの表情が険しくなる。

「何が不可解なんだ？　シャル・フェン・シャル」

ミスリルが首を傾《かし》げる。

「こんな楽園が簡単に成立するなら、あちこちに楽園があっていいはずだ。おまえは、こんな場所の噂《うわさ》を聞いたことがあるか？」

「ないけど。ここは特別に格別に、奇跡的に、楽園として成り立ってるのかもしれないぞ」

「奇跡にはたいがい、からくりがある」

「ロマンがないこと言うなぁ、シャル・フェン・シャルは」

「そんなものを信じたら、命取りになる。そもそもギルバートの状態。記憶《きおく》を失ったり、取り戻したり、無意識な行動があったり、あまりにも妙《みょう》だ。もともと記憶喪失《そうしつ》だったからこそ、楽園に入ったとしても……そこまで人の記憶が混乱するか？」

アンは、フラウの金の瞳を思い出しながら口にする。

「記憶の混乱って言えば、フラウの能力みたいだけど」

「ギルバートの様子と、俺がフラウに触《ふ》れられたときの混乱は、様子が違う」

「どう違うんだ」

今度は別の赤い実に手を出しながら、ミスリルが問う。

「自分の中にある記憶が、順序がばらばらになって混乱する感じだ。俺は、現在が、過去のあるときだと錯覚《さっかく》した。だが記憶が消えることはなかったし、無意識に動くこともなかった」

暗い森の中に追い詰《つ》められたシャルを見たとき、アンは、自分の知らないシャルだと感じた。それは彼が、アンと出会う前の記憶に支配されていたからで、記憶を失っていたわけでも、無意識に動いていたのでもない。

（どういうことだろう？）

考えながら、ふとアンは口にした。

「じゃあ……フラウ以外に、記憶を操《あやつ》るような能力の妖精《ようせい》が楽園にはいるとか?」

三人で顔を見合わせた。

沈黙《ちんもく》して、視線を交《か》わし合った三人だったが、ミスリルが、

「あっ!」

突然《とつぜん》声をあげて、立ちあがった。

「な、なぁ! ギルバートがアンをさらったとき、直前にセラが俺たちのテーブルに来てたよな!?」

ミスリルが言うので、アンは必死にあのときのことを思い返す。

「えっと。そうね。あのとき乾《ほ》し茱萸《ぐみ》の枝を受け取ったのは、パパだった。セラの手が、パパの手に触れてた。その後から……考えてみたら……パパは一言も口を開いてない?」

「じゃあ、セラか?」

ミスリルが口にすると、アンとミスリルは顔を見合わせて沈黙した。

(セラが記憶を操る能力を持ってるとしたら? パパの状態は……)

愕然《がくぜん》とした。

フラウが言うように、もしギルバートがセラに利用されているとしたら、ギルバートは協力者ではなく——犠牲者《ぎせいしゃ》とも呼べる存在なのかもしれない。記憶を弄《もてあそ》ばれ、都合のいいように操

られているならば。

そしてギルバートが犠牲者だとしたら、他《ほか》の協力者たちも当然、犠牲者ということになる。

(犠牲者)

自分の中に浮《う》かび上がった言葉に、ぞっとする。

(楽園……だと思ったのに)

美しいと信じていた世界の表皮が破れ、突然真っ黒な霧《きり》が立ちこめてくるような、そんな恐《きょう》怖《ふ》が襲《おそ》ってきた。

窓の外でさえずる小鳥の声も、葉《は》擦《ず》れの音も、陽《ひ》の光も——美しいからこそ、油断できないような不安をかきたてた。

シャルがゆっくりと立ちあがる。

「調べる」

「何を調べるの、シャル」

「楽園の協力者たちを調べてくる。もしセラに記憶を操る能力があるならば、操っているのはギルバートだけではないはずだ。昨日、楽園に俺たちを案内した男も、様子がおかしかった」

それは、まだ可能性にしかすぎないが——事実だろうと、アンの直感は言っている。

容易に実現するはずのない楽園が、実現している。奇跡と一言で片付けるのは幸せなのかもしれないが、アンとて、今まで様々な経験をしてきていた。だからこそこの奇跡に微《かす》かに違《い》和《わ》感《かん》を、覚えてはいたのだ。

「ここを出る準備を、した方がいいかも……」

小さく口にしたアンに、シャルも頷《うなず》く。

「セラに気づかれないように、始めろ」

「わかった。シャルも、ある程度のことがわかったら、すぐに戻って来て」

アンが硬《かた》い声で応じると、シャルは微笑《ほほえ》み、すぐに出て行った。

（馬車に馬を繋《つな》ぐのは、最後でいい。それよりも荷台の作業場を片付けて固定して、走れる状態にしなきゃ。それから車輪と車軸《しゃじく》を確認《かくにん》して）

恐《おそ》ろしくなって体の芯《しん》が冷えて行くような気がしながらも、椅子《いす》から立ちあがろうとしたその時。

「おはよう！　アン」

不意に窓の所から元気な声が聞こえた。アンは小さく飛び上がったが、かろうじて悲鳴は呑《の》み込む。ふり返って見れば窓枠《まどわく》に、つんつん跳《は》ねている黒髪《くろかみ》に緑の瞳《ひとみ》の少年妖精、リューが立っていた。背中の二枚の羽はぴんと元気に伸《の》びている。

「朝ご飯は、すんだ？　食べ終わったら、セラが呼んでるから来てよ。楽園の神殿《しんでん》にさ」

「え……神殿？」

問い返した声は、我ながら頼《たよ》りない。しかしリューは気に留めていないらしく、元気に答える。

「うん。神殿。花の褥《しとね》のある、あの石の建物だよ。僕たちはそう呼んでる。あそこはセラの家でもあるんだ」

リューは無邪気《むじゃき》に言う。アンの感じる薄気味悪《うすきみわる》さと真逆の、明るい声と笑顔《えがお》で。

ミスリルがアンを見やる。

「どうする？」

「呼ばれているなら……、行くわ」

昨日からアンたちに対して、セラは何もしていない。突然、襲いかかるような真似《まね》はしないはずだ。そもそもアンの砂糖菓子《がし》で命を繋ぎたい彼女が、アンに対して無慈悲《むじひ》なことはできないはずなのだ。

(下手に拒絶《きょぜつ》したら、怪《あや》しまれる。それにシャルが協力者の様子を探《さぐ》っている間、わたしがセラの所へ行けば、シャルの動きを気取られないですむかも。しかもセラと話をすれば、少しは何か、わたしも探れるかもしれない)

セラに人を操る能力があるのは間違《まちが》いない——そうは思う。だが万に一つ、アンたちの邪推《じゃすい》の可能性も残っている。

意を決して、アンは立ちあがった。

「食事中なら、慌《あわ》てなくてもいいよ。セラは今、楽園のみんなに朝の挨拶《あいさつ》に行ってるし」

羽ばたき、リューは窓から食卓《しょくたく》に移る。

「挨拶？」

「日課なんだ。楽園を回って、みんなに挨拶してくれるんだよ、セラは。リラがいたときは、いつも二人で一緒《いっしょ》に回ってくれてたし。みんな、朝の挨拶があると嬉しくてほっとするんだ」

またリラという名が出てきた。その妖精のことも知っておかなければ、危《あや》ういかもしれないと思い、アンは何気ないふうを装い、問う。

「リラって、消えたって言ってたよね。消えたってどういうこと？」

「言葉の通りだよ。消えたんだよ、きらきら、光の粒《つぶ》になって。死んじゃった。一年も前に」

哀《かな》しげに、リューは自分のつま先に視線を落とす。

「亡《な》くなったの？　どうして？」

思わず問うと、リューは力なく首を横に振《ふ》る。

「わかんない。病気でもなかったし、事故とかにあったわけでもない。でも一年前のある日ね、突然……。セラは仕方ないことだってみんなを励《はげ》ましたけど、この楽園はセラとリラが作ったから、僕たちすっかり気落ちしたんだ、その時は。でもまだ、セラがいてくれたからね！　セラは僕たちに、何も心配はいらないって言ってくれたし。じゃあ、食事を終わらせて、ゆっくりでいいから来てね」

気を取り直し、元気な声とともに手を振ると、リューは窓から外へ飛び出した。

それを見送ったミスリルが、首を傾《かし》げる。

「変だな」

「何が」

「あいつ、セラとリラって、同じ時に同じものから生まれたって言ってたろ。それってさ、ペイジ工房《こうぼう》の本工房にいた二人、ダナとハルと同じだろ」

ペイジ工房の職人頭として、アンが働いていたとき、工房の母屋《おもや》に手伝いの妖精が二人いた。男の子と女の子で、外見はそっくりだったが、性格はかなり違《ちが》っていた。人間で言うところの双子《ふたご》のような存在らしく、妖精《ようせい》にもそんな生まれ方があるのかと驚《おどろ》いた記憶《きおく》がある。

「それがなんで、変なの？」

「妖精の寿命《じゅみょう》はさ、生まれ出たものとだいたい同じって知ってるよな？　同じものから同じ時に生まれたら、寿命はほぼ同じだぜ？　ちょっとの差はあるけど、一年も違うってことは、ないと思うんだよな」

「じゃあ、なんで一年も……。病気でも事故でもなくて、突然だったって、リューは言ってたけど」

「妖精が死ぬんだ。それなりの理由があるはずだぞ、きっと。寿命でもない、病気でも事故でも殺されたんでもなく、ある日突然消えるなんて、変だ」

ミスリルは、顎《あご》に手をやる。

「それに変なことって言えば、もう一つあるんだ。俺様、妖精が生まれたものをあてるのが得意なんだけど、セラって、石とか鉱物から生まれた感じがあるんだよ。けど昨日の様子を見たら、石や鉱物から生まれたにしちゃ、随分《ずいぶん》、命が脆《もろ》い感じがするっていうか。だいたいああいう奴《やつ》らは、ベンジャミンみたいに、叩《たた》いても踏《ふ》んづけても絶対に死なないぞって感じの、頑《がん》丈《じょう》さがあるんだけどな。なんであんなに、弱々しいのか」

「なんにしても……。わたしたちは何事もなく、ここを出られるように考えなくちゃ」

改めて自分に言い聞かせたアンを見あげ、ミスリルは肩《かた》を落とす。

「そうだな。でも俺様、がっかりだ。妖精と人が幸せに暮らすこんな楽園が、からくりなしにあれば、とてもわくわくすることなのにな」

その言葉には胸が痛む。ミスリルの落胆《らくたん》は、アンのそれと同じだからだ。

アンにしても、セラにこの場所を案内されたときは、ここがアンの理想とする世界ではないかと思ったのだ。王国がこの場所と同じようであれば、と。

しかし願いばかりに気を取られ、現実を忘れては危険なのだ。

「とりあえず、行こう。ミスリル・リッド・ポッド。セラに呼ばれてる」

（記憶を混乱させるフラウの能力にばかり警戒《けいかい》していたが……、セラが人や妖精の記憶を消し、操《あやつ》る能力があるとしたら。この楽園が成立した理由がわかる）

食べ物を煮炊《にた》きする香《かお》りが漂《ただよ》う方向へ、シャルは向かっていた。

今朝、シャルたちに運ばれた食事を見ると、火を使って煮炊きしたものを食べるのは人間で、妖精たちは、すくなくとも朝食に火を使った調理はしていないとわかったからだ。煮炊きの香りがする方向に、楽園の協力者たちがいるはずだ。

ギルバートが食事を作っていると言うからには、おそらくそこそこまとまった場所に住み、食事もしているだろう。

朝露《あさつゆ》に湿《しめ》った下草を踏むと、露が散ってブーツを濡《ぬ》らす。その細かな水滴《すいてき》の輝《かがや》きも、小鳥のさえずりも、楽園と呼ばれる場所の、穏《おだ》やかな朝にふさわしい。

しかしシャルはここに案内され、セラの話や妖精たちの様子を見ても、違和感《いわかん》しか覚えなかった。こんな場所はありえない、と。妖精たちだけで隠《かく》れ住んで、衣食住に困らないでいられるはずはない。生きるために様々なものを手に入れるには、必ず人間の世界と関《かか》わりが必要で、そのために協力者がいるとセラは言ったが――。

その協力者こそ楽園を危険にさらす。

協力者が、妖精に対して公平な感覚の持ち主で、邪心《じゃしん》を抱《いだ》くことのない善良な者で、またどれほど年月を経ても、出来心の一つも起こさないなら、この楽園は成立するかもしれない。

しかし人間が、それも一人二人ではなく、六人もの人間が全員、そんな善良さを持ち続けるような都合のいいことはあるだろうか。

(協力者が裏切らないように支配できれば、この楽園は成立する)

セラが妖精や人の記憶を奪《うば》い操る能力があるとすれば、可能なのだ。

「こんなまずいもの、食えねぇ」

前方の森の方から、棘《とげ》のあるだみ声が聞こえたので、シャルは歩みを緩《ゆる》め、足音を立てないように気をつけながら声のした方へ向かう。

木立の向こうに草葺《くさぶ》き屋根の小屋と、その裏口が見えた。小屋の開口部は全《すべ》て開け放たれており、裏口からは、正面の窓と正面の出入り口が開いているのが見通せ、さらに小屋の前面に開けた草地までが見えた。

身をかがめて家の中へ入ると、戸口の脇《わき》に身を潜《ひそ》めて外を見る。

草地には木製のテーブルと木のベンチがあり、五人の人間が座っていた。

セラと酒場に来た農民風の男と、老女。中年の女。酷《ひど》く痩《や》せている青年と、顔に傷のある厳《いか》つい男。その五人の前に置かれた椀《わん》に、鍋《なべ》をさげ持ったギルバートが、柄杓《ひしゃく》を使って次々にスープを注いで回っているようだった。

「聞こえねぇのか、ギルバート。こんなまずいものは食えねぇ」

棘のあるだみ声は、顔に傷のある男のものだ。せっせと給仕《きゅうじ》するギルバートに向かって、座ったまま横柄《おうへい》にそう言っている。ギルバートは笑顔《えがお》で他《ほか》の者に給仕しながら、応じる。

「仕方ないよ。材料がなくてね」

「ちゃんとしたものを食わせろと、妖精たちに要求しろ」

「これが、ちゃんとした食事だと思うけど」

「ふざけてんのか、てめぇは」

声が高くなる男に、老女がぼそりと言う。

「ああ、うるさい」

「なんだと、ばばあ」

瘦せた男が、耳を塞《ふさ》ぐ。

「喧嘩《けんか》はやめてくれ。頭が痛くなる」

中年女が小馬鹿《こばか》にしたように鼻で笑い、そのやりとりを見ている。農民風の男は、ぼんやりと視点が定まらない目で、微動《びどう》だにしない。

ギルバートが困惑《こんわく》し、給仕の手を止めたその時だった。

「あらあら、朝から賑《にぎ》やかで楽しそうね」

澄《す》んだ声がして、森の木立の方から、諍《いさか》いの始まりそうな食卓《しょくたく》へ向けて、しゅっと白い小さな影《かげ》が飛び込んできた。

食卓に立ったのはセラだった。

にこやかなセラに、傷の男が目を吊《つ》りあげた。

「丁度いいところにきたな、妖精。おまえら、俺たちをなんだと思って」

「わたしたち？」

笑みを深くすると、セラは素早《すばや》く男の肩に飛び乗り、その頬《ほお》に手を当てた。

「わたしたちは、あなたたちを楽園の協力者と思ってるわ。いつもご協力、ありがとう。これからもよろしく」

その途端《とたん》、男の目から凶暴《きょうぼう》な苛立《いらだ》ちが消える。

「わかって、くれてるわよね？」

「……ああ。わかってる」

傷の男が、へにゃりと笑った。セラは男の肩からぐるっと辺りを見回し、ぴたりと中年女に視線をすえた。女がぎくりと身を竦《すく》ませるが、セラはかまわず跳躍《ちょうやく》し、女の手元に立つ。女が慌《あわ》てて手を引こうとする前に、セラの手が女の指に触《ふ》れる。

女の動きが止まった。

「あなたも、いつもよく働いてくれている。ありがとう、感謝するわ」

「……いいえ。別に。いいんですよ」

女の嫌《いや》みな表情は消え、目に柔和《にゅうわ》な色が現れた。

「おはよう、皆《みな》さん」

ギルバートは、ほっとしたようにセラを見やる。

「ありがとう。こうやってセラが毎朝来てくれると、苛々している者が落ち着くから助かる」

「楽園に住むもの全てが、幸せでなくちゃね」

微笑《ほほえ》みながら言葉を交《か》わす、セラとギルバートの様子に、薄《うす》ら寒いものを覚えた。

全員がスプーンを手に取り、もくもくと食事を始めると、シャルは静かにその場を離《はな》れた。

(間違《まちが》いない。セラは、協力者を能力で操っている。一刻も早く、この場所を離れるべきだ)

アンが待っているはずの場所へ早足で向かいながら、なんとも不愉快《ふゆかい》な気持ちが込みあげてきた。

(この楽園は、妖精《ようせい》が人を使役《しえき》している)


ミスリルとともに、妖精たちが神殿《しんでん》と呼ぶ廃墟《はいきょ》に向かったが、中には誰《だれ》もいなかった。朝の光がこぼれ落ちる石の床《ゆか》と、緑の天蓋《てんがい》と、すこし勢いを失った、赤い花に埋《う》もれた寝台《しんだい》があるのみだ。

ここはセラの家だとも言っていたから、セラはこの花の寝台でいつも眠《ねむ》るのだろう。花がしおれかけている。何日かおきに花は取り替《か》えているはずだ。これほどの花を用意するのは大変だろうが、植物の生長を促《うなが》し、花を咲《さ》かせる能力がある妖精が、楽園にはいるのかもしれない。

「もう、来たの？　お待たせしちゃったわね」

ぼんやりと石床の中央に立っていると、窓枠《まどわく》にひらりと飛び乗って、セラが姿を現した。彼女は微笑みつつ、さらに跳躍して花に埋もれた寝台へ移り、そこに座った。

「アン」

肩《かた》に乗っていたミスリルが、緊張《きんちょう》した声音《こわね》で、アンの耳元に顔を寄せて囁《ささや》く。

「セラ。めちゃくちゃ、弱ってる」

「え？」

囁きで問い返すと、ミスリルもさらに声を潜めた。

「昨日、アンの砂糖菓子《がし》で満ちてた力が……全然感じられない」

「そんなこと、あるの？」

「怪我《けが》したとかじゃなきゃ、普通《ふつう》はそんなことないはずだけど。あと、ものすごく苦しい思いするとか、無茶なことするとか」

朗《ほが》らかにこちらを見つめているセラが、怪我をしている様子はない。

「昨日は、本当にありがとう、アン。それで、今日も砂糖菓子を作ってくれる？　この楽園の仲間になってくれる？」

どう答えるべきか迷った。

（今ここで、あなたは人間たちを操《あやつ》っているのでしょうと問い詰《つ》めても、正直に話してくれるはずない。もし彼女が人間を操るなら、下手をしたら、彼女の能力でわたしも操られかねない）

アンとシャル、ミスリルの三人がそろって、しかもギルバートを連れて安全にここを抜《ぬ》け出すためには、セラが油断したところを狙《ねら》い、夜陰《やいん》に紛《まぎ》れて逃《に》げ出すのが最善だろう。

「考えても、いいと思ってます。楽園の仲間になること。わたしの夫と友だちは妖精だから、ここで暮らすのはとても居心地《いごこち》がいいかもしれないって思います。でも、まだ、決心はつかなくて」

油断を誘《さそ》うために、アンは口にした。ミスリルは硬《かた》い表情で、ちらっとアンを見やった。彼にもアンの意図がわかったのだろう。

「すぐに決めなくても、いいのよ。ゆっくり滞在《たいざい》して、考えてくれれば、それでいいの。でも、じゃあ今日も、砂糖菓子を作ってもらえる？」

「はい」

「あら、嬉《うれ》しい！」

「でも」

鋭《するど》く、アンはセラの声を遮《さえぎ》った。

「わかっていますよね、セラ。わたしが砂糖菓子を作り続けても、永遠にセラの命を繋《つな》ぎ止めることは、できないってこと。砂糖菓子で繋ぐ命は、かりそめだって」

残酷《ざんこく》な現実をあえて告げたのは、セラが事実に気がついていなかった場合を危《あや》ぶんだからだ。

もし事実に気づいていても砂糖菓子を求めているとしたら――それは、強い思いがあるからだろう。少しでも長く生きていたい、生き物としての欲求《よっきゅう》かもしれないし、あるいは、何か目的があるのかもしれないが、とにかく強い思いがあるのだ。

セラの唇《くちびる》に微笑が浮《う》かぶ。

「そうね。わかったわ、昨日」

「それでも、わたしが必要なんですか？」

「ええ、必要。わたしは、砂糖菓子で延ばせるだけ命を延ばすわ」

セラはきっぱりと言い切り、そして目を細めた。

「だから……、あなたが必要なのよ？」

うっすらと冷酷《れいこく》な気配さえ感じる声音に、アンは悟《さと》った。

(昨日だったらまだ、わたしたちが嫌がれば、セラはわたしたちを逃がしたかもしれない。けれど今日は――ここを出ると言っても、簡単には許してくれないはず、きっと)

握《にぎ》った掌《てのひら》が緊張で少し汗《あせ》ばむ。

アンが去っても、新たな砂糖菓子職人を探せばいいと悠長《ゆうちょう》に構えていられる時間は、セラにはもうないはずだった。

今までも危機感は抱《いだ》いていただろうが、昨日、彼女は突然《とつぜん》、瀕死《ひんし》の状態に陥《おちい》った。

あれは彼女の予想よりも、ずっと早い危機だったのではなかろうか。危ないとは感じつつも、まだ少し先――そう思っていた時が、昨日来たのだとしたら、彼女はいま目の前にいるアンを絶対に手放したくないはずだ。

いや――彼女の気配からすれば、絶対に手放すまいとしている。そう感じた。

昨日と今日では、セラのアンに対する執着《しゅうちゃく》は、比べものにならないくらいに強くなっていると考えていいだろう。

「……わかりました。じゃあ、今日の砂糖菓子を作ります。セラにとって大切なものは、なんですか？」

時間を稼《かせ》ぐためには、砂糖菓子を作ると言うべきだった。そのためにした質問だったが、セラが不快そうに眉《まゆ》をひそめた。

「なんで、わたしの大切なものなんて訊《き》くの」

（え……？）

出会ってこの二日でセラが不快感を顕《あら》わにしたのは、はじめてだった。しかしなぜ、大切なものを訊いただけで、そんな顔をするのだろうか。

「砂糖菓子は、その砂糖菓子を捧《ささ》げる妖精にとって大切で意味がある形にするほど、いいんです。形は美しければ美しいほど、その形を欲《ほっ》する人にとっての意味があればあるほど、強い力を宿します。だからセラにとって、一番特別で大切なものを教えてもらって、それを形にすれば、昨日の砂糖菓子よりもずっと大きなセラの力になるんです」

セラはふっと笑う。

「あら、そう。じゃあ、簡単。楽園よ。ここ。この場所が大切で特別」

さらりと答えたそれを聞き、アンは咄嗟《とっさ》に感じた。

(嘘《うそ》だ)

セラにとって大切なものという言葉を聞いただけで不愉快《ふゆかい》な顔になったのは、その言葉と直結する何かがあるからだ。しかしそれは、セラを不愉快にさせるもの——。

(大切なのに——不愉快に?)

そんなものが、あるのだろうか。

「楽園を砂糖菓子にして、アン。すぐにでも欲しいの」

「わかりました。作ります、今から」

応じて、アンはセラに背を向けた。

「アン。どうするつもりなんだ。砂糖菓子を作るのか?」

外へ出るとミスリルが、囁く。与《あた》えられた小屋に向かって歩きながら、視線を前にすえたまま、アンは硬い声で言う。

「もし楽園の真相が、わたしたちが考えている通りだったら、……作れない」

セラが人を操っているとしたら、ギルバートを連れて、アンたちは逃げ出すべきだ。人を操って利用することで成立しているような楽園に、協力はできない。

小屋に近づくと、シャルが出入り口にもたれて待っている姿が見えた。アンに気づくと、彼はこちらに早足で近づいてくる。

思いのほか早くシャルが戻《もど》って来たことに、ほっとした。

「シャル」

安堵《あんど》の笑《え》みを向けたアンだったが、正面に近づいてきたシャルの表情は硬い。

「どうしたの？　シャル」

「今夜、ここを出る。セラに気づかれないように、妖精《ようせい》たちが寝静《ねしず》まってから動く。それまでにギルバートに話をつけなければならん」

いきなりシャルが、そう切り出した。

「何かわかったの？」

シャルは、頷《うなず》く。

「セラは人間たちを使役《しえき》している」

ぶるっと、アンの肩《かた》の上でミスリルが恐《おそ》ろしそうに羽を震《ふる》わせた。

「使役って、なんだ!?」

「人間たちの朝食のテーブルに、セラがやってくるのを見た。不満を口にしていた人間にセラが触《ふ》れると、彼らは急に物わかりが良くなり、おとなしくなる。奴《やつ》は人に触れ、精神や記憶《きおく》を操っている。間違《まちが》いない」

やはりそうかと——納得《なっとく》すると同時に、空《むな》しいような哀《かな》しみも覚える。

（まやかしの楽園なんだ、ここは）

しかし落胆《らくたん》している暇《ひま》はない。セラが人を操っているならば、へたをすればアンも、ことによると妖精も操れるとしたら、シャルもミスリルも、自由な意思を奪《うば》われてセラに使役されるかもしれない。

「……そうね。逃《に》げなくちゃ」

アンは顔をあげ、森の奥へと視線を向けた。

「準備をする。今夜、逃げる。パパも一緒《いっしょ》に連れて行きたいから、今からすぐに知らせてくる」

「でもさ、アン。大丈夫《だいじょうぶ》なのか？」

ミスリルが不安げに問う。

「セラが人間たちを操っているとしたら、ギルバートも操られているんだろう？　逃げましょうなんてもちかけたら、密告されないか？　俺たちが逃げるつもりだって」

「まず、フラウに話をする。彼女はパパを助けてって言ったんだから、彼女だったら協力してくれるはずだし。どうやったらパパを連れ出せるか、相談できるかも。ミスリル・リッド・ポッド」

肩の上の小妖精に視線を向ける。

「わたし、フラウの所へ行く。その間に馬車の荷台の作業場を、出発できるように整えてくれる？」

「おう。まかせろ」

ミスリルは親指を立てる。

「俺は馬を準備する。馬車が通れる路《みち》も確認《かくにん》しておく」

シャルは言いながら、廃墟《はいきょ》の神殿《しんでん》へと目を向けた。

「悟られないように慎重《しんちょう》にしろ、アン」

「うん」

緊張《きんちょう》しながら、頷いた。

シャルとミスリルは馬車の方へ向かい、アンは、人間の協力者たちの小屋が集まっている方へと森を抜《ぬ》ける。

すこし開けた場所に数軒《けん》の小屋があり、どれもが窓も戸も開け放され、風が通してあった。

小屋に囲まれた小さな広場には、食卓《しょくたく》らしきものが据《す》えられていた。

そこに酒場で出会った農民風の男が、ぼんやりと座っている。

「こんにちは」

食卓に近づき声をかけると、彼はようやくアンの方に視線を向け、「ああ」と言って微笑《びしょう》した。

「こんにちは」

「あの、パパ——ギルバートはいますか？」

「いないよ」

「どこへ行ったか、わかりますか？」

「さあ」

と応じながら、にこにこと穏《おだ》やかな笑みを絶やさない。そしてじっとアンを見つめる。

(この人、とても穏やかそうだけど……。なんていうか、どこか変)

受け答えもできているし、笑顔だ。だがその受け答えも笑顔も、まるで心がこもっていないような——そんなふうだ。

すると小屋の一つから、顔に傷のある男が出てきた。彼は笑顔で近づいてくると、アンの前に立った。

「やあ、こんにちは」

「こんにちは。わたしギルバートを捜《さが》しているんですけれど、どこへ行ったか知りませんか？」

「さあ」

傷の男もそう答えて、笑顔でアンを見続ける。

農民風の男も傷の男も強面《こわもて》だが、その二人がそろって同じように、奇妙《きみよう》に柔和《にゆうわ》な笑顔を崩《くず》さない。

（やっぱり……変）

これが、セラに操《あやつ》られている状態の人間なのだろうか。

「じゃ、じゃあ。わたし、ギルバートを捜してきます」

頭を下げたアンに、二人がほぼ同時に応じる。

「行ってらっしゃい」

「気をつけて」

その反応に、ぞっとした。

小川の流れが見える方向に歩き出すと、水を一杯《いっぱい》に入れたバケツをさげた、老女と中年女、痩《や》せた男に出くわした。彼らはアンの姿を見ると「こんにちは」と一様に柔《やわ》らかな笑顔で挨拶《あいさつ》した。彼らにもギルバートを知らないかと訊《き》いたが、彼らも「さあ」と笑顔でいるばかりだった。礼を言い、すぐに彼らから離《はな》れたが、嫌《いや》な緊張感《きんちょうかん》が拭《ぬぐ》えなかった。

楽園の協力者たちは、ちゃんと受け答えもしているし、笑顔で、穏やかで、働いてもいる。だが――まるきり、彼らの個性が見えない。外見は違《ちが》うのに、中身はひとつの「良き人」という類型に統一されているような――。

あれがセラの支配の結果なのだ。

（心までまるごと支配されている）

恐ろしかった。肉体的な支配だけではなく、心まで奪われる支配は、その支配から逃《のが》れようとする意思すら奪うのだ。そうだとしたら、自力で逃げる方法はない。

（だからフラウは、わたしたちに助けを求めたの？　パパを助けてって。フラウ一人じゃ、どうにもできないから）

ギルバートのみならず、支配を受けている人々全《すべ》てを解放するべきかもしれない。

（けれど、全員を一度になんて無理）

まずは自分たちが逃げなくてはならない。その後に、彼らを解放する算段もできる。今欲張《よくば》っては、アンたちすら逃げ出せないかもしれない。

森を歩く足は徐々《じょじょ》に速まり、小川の流れを飛び越《こ》え、小径《こみち》を幾《いく》つかたどってみた。そして何本目かの小径に入ると、その先は低木の藪《やぶ》になっているのが見て取れた。そして藪の中に、ギルバートの姿がある。彼は籠《かご》を小脇《こわき》に抱《かか》え、小さな実を摘《つ》み取り集めていた。

赤い実が一杯になった籠を抱えて、藪からフラウが出てきた。

ギルバートはこちらに気づかないようだが、フラウは正面にアンの姿を認めたらしく、目を丸くして立ち止まる。

「……アン？」

早足で、アンはフラウに近づく。

「フラウ。あなたの言っていたことの意味、わかった。だから訊きたいの。わたしたちがパパをここから連れ出そうとしても、パパに抵抗《ていこう》される？　パパはセラに支配されているのよね？」

ちらっと背後のギルバートを見やって、フラウは首を横に振《ふ》る。

「今のギルバートは、他《ほか》の人たちみたいに意思を奪われてないわ。でも——支配されているという意味では、同じかも」

「どういうこと？」

「セラを信じてるから」

目を瞬《またた》くと、フラウは視線を足もとに落とした。

「あなたは利用されている、セラに操られていると言っても、絶対に聞く耳を持ってくれない。だって今の彼にとってわたしは、一年前に出会ったばかりの妖精《ようせい》。セラとは十年も一緒にいるのよ。信じてもらえない、わたしじゃ。でも、娘《むすめ》のあなたなら」

「あれ、アンかい？」

藪の方を見やると、ギルバートが笑顔《えがお》でこちらを見ていた。汗《あせ》をふきふき、藪を掻《か》き分けてこちらに向かってくる。

「どうしたんだい、アン。僕に用でも？」

その様子は、確かに先ほどの人たちとは違う。自分の意思で考え動いている感が強い。

「ギルバートは、セラを信じきってるから、セラは普段《ふだん》、彼を支配していない。必要ないから。けれど必要とあらば、問答無用で操る。あなたの家へ行かせた時や、さらわせた時みたいに」

近づいてくるギルバートに聞こえないような小声の早口で、フラウが言った。

(パパみたいな人はいないって……そういう意味なんだ)

フラウが最初、ギルバートはずっと利用され続けると言っていたのは、そういうことなのだろう。

ギルバートは普段、セラが支配する必要がない。なぜなら彼自身がセラを信頼《しんらい》し、彼らのために自らの意思で協力しているからだ。

だが——他の人たちは違う。だから支配下に置かれている。

支配せずとも協力してくれる人間は、セラにとってありがたい存在だろう。だがそんな人すら、セラは必要とあらば操るのだ。

(どうして、自分を信頼して協力してくれる人まで操らなきゃならないの?)

全てをセラの都合がいいように運ぶために、そうしているのだろう。説得したり、頼《たの》んだりするよりも、安易に操る。セラを信頼しているギルバートでさえも、セラの方は信頼していない——そういうことだろう。

徹底《てってい》した妖精による人の支配が、この楽園にはあるのだ。

(妖精のためでも、どんな崇高《すうこう》な考えがあったとしても、そんなの……酷《ひど》い)

怒《いか》りが湧《わ》くのは、アンの目の前に立ったギルバートの晴れ晴れと満ち足りた笑顔が、とても幸福そうだからだ。信頼を利用され、支配されているにもかかわらず、事実を信じずに笑顔でいる姿を見るのは胸が痛い。

「収穫《しゅうかく》最盛期でね、人手が必要なんだ。他の連中はぼんやりしてるから、手伝ってくれなくて。アン、手伝ってくれるかい？　結構、楽しいよ」

「パパ」

アンは、意を決して口を開く。

「わたしの言うこと、信じてくれる？　わたしのお願いを聞いてくれる？」

「どうしたんだい。藪から棒に」

真剣《しんけん》なアンの口調に驚《おどろ》いたらしく、ギルバートは何度か瞬《まばた》きした。

「わたし、ここを出ようと思うの。一緒《いっしょ》に来てくれる？　一緒に来て、そしてもしシャルやミスリルがいいよって言ってくれて、パパもそうしたいなら、わたしたちと暮らしてもいいし。もちろん、パパはパパで自由に生活してもいいし」

「一緒に……」

嬉《うれ》しげにギルバートの頬が緩《ゆる》むが、しかしすぐに、はっとしたような顔になる。

「嬉しいよ、アン。嬉しい。けれどアン、出て行くのかい？　ここで暮らすのは嫌かい？」

「うん」

「でも、アンがここを去ったら、セラは命が」

「セラのために、わたしは自分の自由を渡《わた》せない」

「でも、アン。とにかくしばらくは、ここにいてくれないかい？　セラは僕の恩人で、十年もこんな幸せな暮らしをさせてもらえている。僕から、セラのためにお願いしたいんだ。ずっといてくれなんて、わがままは言わない。だけどせめて、しばらくの間。アンが出て行きたいなら、新しく仲間になってくれる砂糖菓子《がし》職人を探そう。そしてその人が楽園の仲間になってくれたら、アンは出て行けばいいし。その時に、僕もアンたちと一緒に」

必死に説得を試みるギルバートを見つめていると、哀《かな》しくなってきた。その表情に気づいたのか、ギルバートが心配そうな顔になる。

「アン？」

「セラは、楽園の協力者を、彼女の能力で操っているのよ」

告げると、ギルバートはきょとんとした。

「え？　操る？」

「シャルが見たの。セラが触《ふ》れると、不満のある人たちも途端《とたん》に態度を変えて協力的になるのを」

アンの訴《うった》えに、ギルバートは「なんだ」と言いたげに破顔した。

「セラが毎朝僕たちの所に来て、不満のある人に声をかけるよ。それでみんな、気持ちを収めてしまうんだ。なにしろセラには恩があるから、セラに言われると気持ちが鎮《しず》まって」

「パパは、セラに恩義を感じて彼女の言葉で気持ちが落ち着くかもしれないけど、他の人が全員そうだなんて、限らないでしょう？　それどころか、おかしくない？」

フラウが、ギルバートを助けてと懇願《こんがん》した理由が、アンにはわかる気がした。この調子ではギルバートは、セラに利用されているといくらフラウが説明しても、聞く耳を持たなかっただろう。

戸惑《とまど》った顔で、ギルバートはアンを見つめる。

「なんで、そんな顔するんだい？　泣きそうだよ」

アンは唇《くちびる》を嚙《か》む。

「パパが……。セラを──妖精を信頼して好きでいることを、利用されているからよ」

アンはシャルもミスリルも大好きだ。今まで出会った妖精たち、ノアやルルや、ダナにハル、エリルや、ホリーリーフ城にいた妖精たちが好きだ。さらに意地悪なキャシーにしたって、態度にうんざりするが嫌《きら》いではない。パウエル・ハルフォード工房《こうぼう》で働く妖精たちも、職人仲間で、親しみを持っている。

妖精たちを信頼して好きでいる気持ちを、その妖精本人に利用されているとしたら、切なすぎる。自分が妖精たちと生きていきたいと思うからこそ、余計に切ない。

「もし、わたしが夫を好きで大切に思っている気持ちを彼に利用されたとしたら、とても哀しい。だから、同じように、パパのことを聞いて哀しい」

ギルバートは驚いたようにアンを見つめていたが、瞳《ひとみ》に不安げな色が浮《う》かぶ。

「僕は、利用されている？」

「そうよ。必要なときに、セラはパパを操《あやっ》ってる。わたしの家を訪ねたとき、そしてわたしをさらったとき、記憶《きおく》が消えたり、自分では思いもよらない行動を取ったり、それはパパのせいじゃなくてセラの力によるもの。パパだって、どうしてそんなことになるのか、理由がわからないから、困惑《こんわく》してたんでしょう」

問うように、ギルバートはフラウに視線を向ける。

「フラウ？　僕は、そうなのかい？　この一年、君は僕の側にいるよね。君はどんなふうに思うんだい」

顔を伏《ふ》せたフラウは、小さな声で答えた。

「アンの言うとおりよ」

「でも、君は、今まで僕にはそんなこと言ってくれなかったよね」

「言っても、聞く耳持たないと思ったから。だってギルバートは、セラを信じきっているから。わたしが言っただけじゃ、きっと信じてもらえない。だって記憶がないギルバートにとって、わたしは一年前に出会ったばかりの妖精だけど、セラとあなたは、十年も一緒にいるから」

目を見開き、ギルバートは動きを止めた。

風が吹《ふ》き、藪が大きくなびいて鳴った。

うろうろと、ギルバートは視線を彷徨《さまよ》わせ、最後には自分の足もとに落とす。

「セラに……訊《き》きたい」

ぽつりとこぼれた言葉に、アンは焦《あせ》ってギルバートの手を握《にぎ》る。

「駄目《だめ》、パパ！　そんなことしたら、わたしたちはセラに操られて、楽園から出られなくなってしまう。やめて」

「けれど」

「お願い、ギルバート。わたしからも、お願い。ねぇ、アンたちと一緒に、ここを出ましょう」

フラウも彼の肩《かた》に縋《すが》る。

「……出て行くって、どういうこと？」

少年の声が聞こえた。

はっとふり返ると、小径《こみち》にせり出した枝の先に、黒髪《くろかみ》の少年妖精《ようせい》リューが驚いた顔をして立っていた。

（聞かれた！）

フラウが、細い震《ふる》え声で口にした。

「どうして、こんなところに……」

「アン。どういうこと？　セラのために、今から砂糖菓子を作ってくれるんだって、僕今さっき、セラから聞いたんだよ」

「それは……」

言葉に詰《つ》まった。リューは目を見開き、アンから視線をそらさない。

「ありがとうって、アンに言いたくて。でも、馬車にいないから」

礼を言いたかったリューは、アンの姿を捜して方々聞いて回ったのだろう。そして協力者たちが、従順に、アンはあちらの方向へ行ったと示しでもしたに違《ちが》いない。

「作ってくれるって、嘘《うそ》なの？　今、アンたちと一緒にここを出るって、フラウが言ってたよね」

「リュー。話を聞いて欲しいの。あなたは、知っているの？　セラが何をしているか」

「嘘なの!?」

鋭《するど》く問われ、アンは覚悟《かくご》を決めた。

「嘘なんかつきたくなかった。もし、わたしが本当にセラのために作りたいと思えたなら、作ってた。けれどセラがやっていることが、わたしには納得《なっとく》できない。だから作れないの。もしセラが、今からでもやり方を変えてくれるなら、見殺しにはしたくない。作るわ」

「じゃ、嘘なんだ！」

「聞いて！」

感情的なリューの声を、アンは冷静に強く遮《さえぎ》った。

「あなたたちは、セラがしていることを知っているの？　あなたたちは、セラがどうやって楽園を作っているか、知ってるの？」

「知らないよ、そんな」

「じゃあ、全部セラにお願いして、セラに頼《たよ》って、セラに任せているのね。そんなこと、ずるくないの？　わたしは、自分の家が好きで守りたいからって、夫にだけ任せてお願いなんてしない。自分も、なんとかしようと思うわ。それをしないなんて、ずるいもの。もしあなたたちが、全部をセラに頼っているとしたら、それはずるい。何もしないで、考えないで、楽園の幸福だけ享受《きょうじゅ》しているんだもの。ずるいなんて言われたくなかったら、セラが何をしているのか知って！　そして、わたしがどうして砂糖菓子を作らないか、それを知って！」

アンの気迫《きはく》に、リューは泣き出しそうな顔をした。

「わ、わかんない。でも、アンは嘘をついた！」

ぱっと飛翔《ひしょう》し、一気に小径を翔《と》んでいく。二枚の羽が背にあるリューは、まるで風のように速い。瞬《またた》く間に路《みち》の向こうへと飛び去っていく。

（だめだ。セラに知らせが行く）

躊躇《ためら》っている時間はない。一刻も早く、シャル、ミスリル、そしてギルバートとフラウととにも、ここを出なければならない。

「パパ、フラウ。馬車の所へ来て、早く」

「アン。でも、僕は」

「来て！　お願い。フラウ、パパを連れてきて」

言い置くと、走り出す。

（シャルとミスリル・リッド・ポッドに、早く知らせないと）

リューがセラに、アンたちが逃《に》げようとしていると知らせたとしたら、セラが動くはずだ。彼女がもし、シャルやミスリルに能力を使ったら、アンは彼らを人質《ひとじち》に取られたも同然。逃げるどころか、ここで砂糖菓子《がし》を作り続けることになる。彼女の望むまま、彼女の命がつきるまで。それは数ヶ月か、数年か。

彼女の言いなりになって、拘束《こうそく》される。

セラがリューから知らせを受けて動き出す前に、シャルとミスリルのもとへ走り、セラに知られたと教えなければならない。彼女に――触《ふ》れられてはならない、と。

今夜、逃げる。そのためには夜間、馬車を安全に走らせられる路の確認《かくにん》が必要だ。シャルは楽園の周囲を歩き回り、路を確認し、今夜の逃走《とうそう》経路を決めた。

馬車のところまで戻《もど》ると、開いた荷台の扉《とびら》の奥で、ミスリルがせっせと荷物の固定に励《はげ》んでいるのが見えた。

「そろそろ、終わりか？」

戸に手をかけて中に声をかけると、ミスリルが額の汗《あせ》をふきながら、作業台の上からふり返ると、ぐっと親指を突《つ》き出す。

「今、終わった。これでいつでも出発できるぞ」

「あら？　出発？」

不意に頭上から声が聞こえ、咄嗟《とっさ》にシャルはその場から飛び退《の》いた。ミスリルが、慌《あわ》てて背後に後ずさりして、作業台の端《はし》から落ち、空の樽《たる》に転げ込んで悲鳴をあげた。

馬車の上に張り出した木の枝。そこにセラが腰《こし》かけていた。

「セラ・スーリア・ファム」

うっすらと微笑《ほほえ》む、しかし目が笑っていないその表情を見て、シャルは悟《さと》った。

(感づかれたか)

右掌《みぎてのひら》を開き、そこに意識を集中させて刃《やいば》を作る。

「アンはさっき、楽園に残ることを考えるって言ってくれたわ。わたしのために砂糖菓子を作るともね。けれど、あなたたちだけは、出て行こうとしているの？　そんなはずはないわよね。アンも一緒《いっしょ》に、出て行くつもりよね。嘘をついたのね。悪い人たち」

「嘘つきはどちらだ」

シャルは鼻で笑う。

「見たぞ。おまえが、協力者たちに触れて操る様子」

「あれは『説得』よ」

「おまえを信じ切っているギルバートならともかく、俺たちに通じると思うのか？」

　セラは、肩をすくめる。

「ま、信じないわね」

　セラはひらりと馬車の屋根へと飛び移り、シャルを見おろす。

「あなたも、ミスリル・リッド・ポッドも、わたしたちと同じ妖精よね。だったら、わかってもらえると思うの。この楽園があることの大切さ。ここがなければ、ここにいるみんなは、人に捕《つか》まって使役《しえき》されるだけなのよ。この楽園を保ち続ける大切さ、わかる？　わたしとリラがここを作った気持ち、わかるでしょう。同じ妖精だもの」

　問われれば、答えるしかない。

「楽園が大切だというおまえの気持ちは、わかる」

　人に狩《か》られ使役された経験のある妖精であれば、誰《だれ》でもわかる気持ちだ。シャルとて、わかるのだ。

　セラはほっとしたように、微笑む。

「わかってくれる？　そして楽園が、妖精の力だけでは保てないのも、わかるわよね」

「妖精だけでは、不可能だ。それもわかる」

　妖精は文化どころか、日々の生活のために必要な技術を、独自には失っている。人の作るものを利用しなければ、楽園などという共同体を形成して生活していくのは難しい。

「だから人間を取り込んだのか」

「そう。わたしの力はね、頭の中にあるものを奪《うば》うことと、そこに何かを与《あた》えること。はぐれ者みたいな人間を探して、記憶《きおく》をすっかり奪うの。そして空っぽになったところに命令すると、とてもよく聞いてくれるの」

セラは淡々《たんたん》と続ける。

「でも、自我ってものがあるでしょう？　記憶を奪っても、日々生きていたらその人間本来の性格とか考え方が出てきて操《あやつ》りづらくなる。そんなときはまた、強く命令する。そしたら、色々な不満や直前のことは忘れてくれる。それで操れる。だけどまた、時間とともにわたしの支配は弱まっていくから、色々思い出す。考える。だからまた強く命令する。その繰《く》り返し」

「おまえに出会うまでの、その人間の記憶を全《すべ》て奪うのか。そしてその上で、命令し、おまえと出会った後の記憶も操るということか」

眉《まゆ》をひそめたシャルに、セラは頷《うなず》く。

「ええ。楽園の協力者たちの六人、全員。生まれてからここに来るまで一切《いっさい》の記憶を奪った。しかも、もう戻せないわ。奪えば終わり。だから彼らは、自分たちがどこの誰かわからないし、行く当てもない。ここにいるしかないでしょう？」

「記憶を根こそぎ奪うのか」

シャルの声音《こわね》の、批難の響《ひび》きを感じ取ったのか、セラは口《くち》の端《はし》を吊《つ》りあげる。

「いけないこと？」

冷たい色の目で、セラはシャル見やる。

「これは、いけないことかしら？　人間を操るのは、いけないこと？　人間はわたしたちの片羽を取りあげて、操るじゃない。わたしたちが人間と同じようなことをしちゃ、いけない？わたしたちが人間を使役しちゃ、いけない？」

ため息がこぼれそうになったのは、セラの言葉に頷きそうになる自分も心の中にいるからだ。

だが――シャルはその気持ちを捨て、アンと、人とともに生きると決めたのだ。

アンだけではなく、沢山《たくさん》の気のいい人間たちのことも、シャルは知っている。彼らを使役してもいいとは、到底《とうてい》思えない。一部の人間に対して、時にセラと同じように感じることもあるが、それをシャルは自分の中で認めてはならない。

認めれば、シャルは人の中で生きていけなくなる。

「良いか、悪いか。そんな判断はできん。ただ、俺はそれを選ばない」

「なぜ？」

セラの声が鋭《するど》くなった。

「人とともに、生きる覚悟《かくご》をしたからだ」

形になった刃を握《にぎ》り、シャルは身構える。

「なぜ？　なぜ選ばないの？　わたしたち妖精《ようせい》が安心して暮らせるこの場所を、大切だとわかると言ったのに、なぜ選ばないの？　人を使役しないの？」

「他《ほか》の方法がある。俺は人を使役せず、ともに生きる方法を選ぶ。だから人を伴侶《はんりょ》とした」

「あなた一人なら、そうすることもできるかもしれない。けれど楽園は、それじゃ保てない。わかるでしょう。人を使役しなければ、続かない。お願い、わたしに力を貸して。あなたも同じ妖精なら、お願い。あなたの妻を説得してわたしのために、砂糖菓子を作らせて」

「俺は、妻を使役しているわけじゃない。アンが作りたいと言えば、作る。その彼女の意思を通せるように守る。作らないと言えば、あいつは作らないし、俺は作らせないで済むように守る」

「……そう」

セラが、冷え冷えとした色の目になる。

「じゃあ、わたしは今から、あなたを使役すればいいのかしら？　あなたがわたしの言うことを聞いてくれれば、アンもあなたのために、砂糖菓子を作るでしょうね」

膝《ひざ》立ちになり、セラは飛び出す直前のように身構える。

「刃がわたしに、役に立つかしら？　わかっていると思うけれど、わたしは人間だけでなく、仲間も操れるのよ」

「触れられれば、だろう？　毎朝ご苦労にも楽園を巡回《じゅんかい》するのは、直接手で触れなければならないからだ。似たような能力のフラウも、そうだ」

せせら笑いながらも、羽は緊張《きんちょう》にぴりぴりと震《ふる》える。

（相手が、小さすぎる）

セラはとても小さく、しかもシャルにわずかでも触《ふ》れたら勝てる。触れた瞬間《しゅんかん》彼女は、シャルの記憶を奪うだろう。

セラとシャルの視線が、絡《から》む。

「わたしは、あなたの刃より小さいし身軽。速いわよ」

「試《ため》してみろ」

セラが跳躍《ちょうやく》しようとした、その時。

「動かないで、セラ！」

馬車に駆《か》けつけたアンが見たのは、シャルが刃を構え、馬車の天井《てんじょう》にいるセラと対峙《たいじ》している姿だった。

心臓が跳《は》ねた。危険すぎると直感した。シャルは強いが、セラは小さく素早《すばや》い。もし少しでもセラの手がシャルに触れれば、終わりだ。

「動かないで、セラ！」

咄嗟に叫《さけ》んでいた。

(危険すぎる！　シャルに触れられたら！)

シャルとセラの視線がこちらに向かう。アンは、シャルの前に飛び出していた。

「セラ！　わたしたちに触れたら、あなたは死ぬしかないわ！」

両手を広げたアンは、シャルを背にかばい立ちはだかる。

「わたし、あなたに操られている人と話をした。わたしに触れて記憶を奪って、わたしがあんなふうになったら砂糖菓子《がし》は絶対に作れないわ。そしたらあなたは今、砂糖菓子を手に入れられなくなる。消えてしまうわ！　シャルに触れても、ミスリルに触れても、駄目《だめ》！　わたしは、わたしの夫や友だちが、わたしのことを忘れてしまったら、絶望して砂糖菓子なんか作れなくなる」

膝立ちになって跳躍しかけたセラが、ぴたりと動きを止める。

「砂糖菓子が必要なんでしょう!?　あなたが望むなら、作る！」

「さっき、そう言ったわね。嘘《うそ》だったわよね？　作るつもりなんてなかった」

「あなたが、楽園の協力者たちにもう二度と能力を使わないって約束してくれるなら、作る」

「馬鹿《ばか》なこと言わないで。わたしが命を繋《つな》ぎたいのは、わたしの能力で協力者たちを使役《しえき》して、楽園を保ち続けたいからなのよ」

「使役？」

アンは、きっとセラを見やった。

「わたしは、人が妖精の片羽を奪って使役するのは、間違《まちが》っていると思う。逆も同じ。できるからといって、妖精が人を使役するのも間違ってる。間違ってることを、肯定《こうてい》するつもりはない」

「でもこの世界はそれで成り立ってるじゃない。許されているじゃない」

「世界が間違ってるの」

「じゃあ、間違った世界で、なんでわたしたちだけが、正しくあらねばならないの？　わたしたちも間違ったことをしても、いいんじゃない？」

セラの反駁《はんばく》の言葉に胸が詰《つ》まり、言葉が喉《のど》につっかえた。自分の行いを正当化するセラの言葉には、世界への絶望と、妖精の抱《いだ》く哀《かな》しみが絡みついている。

（人間のわたしは、セラに何かを言える立場じゃない）

シャルを夫とし、妖精たちとともに生きる世界を望むアンも、人間の仲間の一人であり、そして妖精たちのために世界の様相を変えるほどの力もない。

今の世界を変える力など、誰《だれ》にもない。

それはシャルが命がけでラファルと対峙し、そしてエリルがエドモンド二世と誓約《せいやく》を果たした瞬間を見たアンだからこそ、よくわかっていた。命がけで妖精と人間の双方《そうほう》の王たちが動いても、世界が、がらりと変わることはない。ただ変えるために、行動し、それが小さな変化に繋がるのを見るしかない。

　世界が変わるには、多くの人の絶え間ない努力と、それが引き継《つ》がれていく幸運と、長い長い時間が必要なのだ。

　だからこそ――今のセラに、アンが言えることは何もない。

「間違った世界に苦しみながら、あなたたちだけは正しく生きろとは言えない。けど、間違っている世界なら、自分たちも間違っていいと肯定するのも違う」

「じゃあ、どうすればいいのかしら？」

「真実、妖精と人が信頼《しんらい》を結んで楽園を作るしかない」

「それが不可能だから、妖精は使役されているんでしょう？」

「難しいし、時間がうんとかかるけど、不可能じゃない。だってうんと時間がかかったけど、国王エドモンド二世陛下は、人と妖精は対等だという誓約をした。それですぐに世界が変わるわけではないけど、少しずつ、変えていければ」

「じゃあ、今どうすればいいのよ!?　リラと作ったこの楽園を守りたかったら、どうすればいいのよ！」

　声を高くしたセラに、静かなシャルの声が答えた。

「守れはしない。どだい、最初から無理だったものを強引《ごういん》に作った楽園だ。そのひずみは必ず生まれる。おまえの命が弱っているのも、それが原因だろう。能力を無闇《むやみ》に使って、命を削《けず》ったんだろう」

セラが絶望したように、シャルを見やる。

「わかっているだろう、おまえも。おまえの命が数年、いや一年、あるいはひと月保《も》ったとしても、先はない。楽園はいずれ必ず消える。それを認めたくない。おまえは、それだけなんだろう。駄々《だだ》をこねているだけだ」

セラの唇《くちびる》が震える。

「酷《ひど》いことを言うのね。消えるなんて」

「わかっているのに、なぜあがく」

「わかっているから、あがくのよ！　少しでも、もしかしたら、楽園を守れるかもしれない。そしたらリラが死んだ意味も、少しは大きくなってくれる。そのためだったら、リラの死の意味が少しでも大きくなるなら、わたしは、なんとしてでも……っ！」

「セラ」

激高するセラの声を遮《さえぎ》ったのは、不安げな少年の声だった。

はっと、セラは声のした方向にふり返り、アンとシャルの視線もそちらに向かった。

大樹の枝分かれの付け根に、リューの姿がある。セラは、呻《うめ》くように言う。

「神殿《しんでん》で待ってなさいって、言ったでしょ。リュー。帰りなさい、早く！」

「今の、本当？　協力者たちって、セラが操《あやつ》ってるの？」

「帰りなさい。帰って、リュー」

懇願《こんがん》するように、掠《かす》れ声でセラが言う。しかしリューは、セラを真っ直《す》ぐ見て言いつのる。

「セラは能力を、そんなに無茶に使ってるの？　だから弱っちゃったの!?　しかもリラが死んだ意味が、楽園を守れたら大きくなるって、どういう意味なの？　リラが死んだのも、もしかして今のセラと関係があるの!?」

「帰りなさい」

「教えてよ！　僕はそれを知らなきゃ、ずるいって言われたまま、言い返せもしないんだ！」

リューの瞳《ひとみ》に涙《なみだ》が盛りあがった。

「リュー……。お願い。帰って……」

「いやだ！」

拒絶《きょぜつ》の言葉に、セラが怯《ひる》んだようによろめく。白い顔がさらに白く、透明《とうめい》になって消えそうなほどに白くなる。

「教えて、セラ！」

セラが両手で顔を覆《おお》った。微《かす》かによろめいて、覆った掌《てのひら》の下から、くぐもった声で言う。

「……そうよ。その通り。わたしが協力者たちを操ってる。わたしの能力で」

目を見開き、リューが呆然《ぼうぜん》とした声を出す。

「うそ」

「嘘じゃないわ、そうなの」

「どうして」

「そうしなきゃ、楽園なんて守れないのよ、リュー。わたしとリラは、妖精《ようせい》が楽しく幸せに暮らせる場所を守りたかった、だからそうしたの。だからそのために……わたしは、リラを──、食べちゃったのよ」

アンとシャルも、リューも、セラの言葉にぎょっとした顔になったが、その途端《とたん》、セラの膝《ひざ》が折れた。馬車の屋根に膝をつき、そのままふわりと倒《たお》れ伏《ふ》した。

「セラ！」

両羽を羽ばたかせて翔《と》んだリューは、セラの傍《かたわ》らに降り立ち、膝をつき、倒れた彼女の上体を抱《かか》え上げた。

「セラ！」

抱え上げられたセラの顔は透《す》き通るほどに白く、手足には力がなく、羽は光沢《こうたく》もなくだらりと伸《の》びきっていた。髪《かみ》の艶《つや》もあせていく。

セラの命が、昨日よりもさらに切迫《せっぱく》して、消えかかっているようだった。

（セラの命が……終わる）

力のない、小さな妖精の姿を、アンは呆然と見つめた。今の今まで、その手から逃《のが》れようとしていた、アンたちにとって恐《おそ》ろしいはずだった妖精は、水にとろける紙のように儚《はかな》く消えかかっている。

シャルが背後からアンに近づき、隣《となり》に並ぶ。彼は近づきながら手にある刃《やいば》を光の粒《つぶ》に戻《もど》して消していた。呆然と馬車の天井《てんじょう》を見あげるアンと同じく、シャルの視線もセラとリューに向かう。

「このままにしておけば、ほどなくセラは死ぬ。この楽園から、俺たちは抜《ぬ》け出せる……というよりも。楽園が消える。セラが消えれば、協力者への支配も消えるはずだ。彼らは正気に戻って、逃《に》げ出すか、たちが悪ければ、ここの妖精たちを狩《か》る」

「えっ……」

驚《おどろ》いてシャルを見やると、彼は淡々《たんたん》と答えた。

「協力者たちが、すべてギルバートのように善良ではない。当然、妖精たちを今度は自分たちが利用しようとする奴《やつ》が現れても、不思議じゃない」

セラに支配される——その恐ろしさでアンたちは逃げ出そうとしていたが、当然、アンたちが逃げ出しても、楽園にはその後がある。

「セラ！　セラ！」

悲痛なリューの声が、耳に突《つ》き刺《さ》さった。

「じゃあ、わたしたちが去って、このままセラが死んだら、ここの妖精たちは……」

楽園の妖精たちは、どんな悲惨《ひさん》な末路をたどるのだろう。

「セラが死んだら、さっさとこの場所から逃げろと、妖精たちに伝えるしかない。そうしなければ危険だと」

「でも、セラが死んで動揺《どうよう》してる彼らに、そんな素早《すばや》い行動できるの？　逃げるって、どこへ」

「それは、楽園の妖精たちが考えるべきことだ」

「でも、急すぎる」

ここは、まやかしの楽園だった。だからここがいずれ必ず崩壊《ほうかい》するのは宿命で、それが今やってきたというだけかもしれない。

アンたちは罠《わな》にはめられて連れてこられたのだから、楽園の妖精たちがどうなろうが知ったことではないと、さっさと逃げ出しても誰《だれ》も責めはしないだろう。

（でも）

アンは、泣きながらセラを呼ぶリューをふり返る。

「リューは、ずるいままでいたくなかったから、セラに訊《き》いたのに」

他《ほか》ならぬ、アンが言ったのだ。全《すべ》てをセラにお願いしているのは、ずるいと。リューはずるいと言われて腹が立ったかもしれない。そして、ずるいままで、いたくなかった。そんなふうに、ずるいままでいたくないと思うリューを含《ふく》め、他の妖精たちのことも、知らんぷりでさっさと逃げ出して、アンは満足だろうか。

「せめて、楽園の妖精たちが、安全に逃げ出せるようにしてあげたい」

「なら、死にかけているセラを抱えて逃げ散れと、言うしかない」

「でも、あのセラの様子じゃ……」

夜まで、彼女の命は保たないかもしれない。半日、妖精たちが戸惑《とまど》いながら逃げて、どれほど遠くへ行けるのか。

「待ってくれ、みんな。どうしたんだ!?」

森の奥から、ギルバートの悲鳴のような声が聞こえる。

「うるせぇ、退《ど》け！　ここから出て行くにゃ、金が必要だろう」

男の怒声《どせい》が響《ひび》く。

「金なんか、神殿にあるわけないだろう」

げらげらと、男二人の笑い声があがった。

「あるじゃねぇか、金になるものが。うようよ群れてるじゃねぇか」

「何を言ってるんだ」

「退け、ギルバート！」

「止まってくれ、とりあえず。話し合おう」

「退け！」

声が近づいてくる。血の気が引いた。シャルを見やると、彼は眉《まゆ》をひそめている。

「連中、正気に戻ったな……。セラの力が、これほど弱っているとはな」

アンは焦《あせ》った。

（これじゃあ、妖精たちが逃げる時間もない）

リューが捕《つか》まって欲しくないし、楽園の妖精たちも捕まって欲しくない。咄嗟《とっさ》に、決断した。

「シャル、お願い！　彼らを止めて。わたしは、セラを助ける。彼女に砂糖菓子《がし》を作る！」

「なんだと？」

「ここの妖精たちがきちんと楽園を終わらせられるように、セラの命を繫《つな》ぐ。そうじゃなきゃ、何もかも中途半端《ちゅうとはんぱ》なままに、残酷《ざんこく》なことが起こって終わるだけ。セラがこのまま死んでしまったら、妖精たちは動揺して、とてもまともに逃げられもしないし、新しい生活場所も探せない。彼らが信じて頼《たよ》りにしてる、セラが必要な時だわ。セラを助けて、彼女にきちんと楽園の始末をつけてもらう。彼女が作った楽園だもの。そのくらい、してくれる。ううん、してもらわなきゃ、いけない。それが彼女の責任だから、責任を取ってもらうために命を繫ぐ」

シャルは驚いたようにアンを見つめ返したが、近づいてくる男たちの声に、舌打ちして背後の森をふり返る。

「シャルだって、ここの妖精たちが全員酷《ひど》い目に遭《あ》えばいいなんて、思わないでしょう。お願い」

「そうだな」

ふっと小さく息をつき、それから表情を引き締《し》め、森の奥へと視線を向ける。

「俺が奴らを止めよう。おまえはセラの命を繋げ」

「うん」

「作れ、砂糖菓子を」

「シャルも、気をつけて」

シャルは微笑《ほほえ》む。

「あんな連中、敵じゃない」

不敵な笑《え》みを残し、シャルは駆《か》け出す。

アンは馬車に駆け寄って御者台《ぎょしゃだい》に上がり、そこから屋根を覗《のぞ》き込む。

「リュー！　誰かに頼《たの》んで、セラを神殿《しんでん》に運んで寝《ね》かせてあげて。わたしは今から、砂糖菓子を作るわ。彼女のために彼女の命を繋ぐ」

しゃくり上げながら、リューはふり返る。

「作る……？　どうして、そんな……」

「セラが作った楽園だから、彼女に結末をつけてもらうためよ。死なせやしないわ、こんな半端な形で死んだら、彼女も楽園の住人たちも、不幸なだけよ。だからセラの命を繋ぐ。そのために必要な形を作る。だから、リュー。仲間を呼んだら、すぐにわたしの所に戻ってきて。セラに必要なものを、あなたから聞きたい！」

六章　愛を食うこと

リューは涙《なみだ》の粒《つぶ》を散らしながらも、すぐに飛び立って仲間を呼んだ。人の大きさほどの青年の妖精《ようせい》がリューに連れられやってきて、ぐったりしているセラを見て声をあげた。

「セラ!?　これは」

「言ったでしょ、命が尽《つ》きかけてるんだ。皆に知らせて」

リューの涙声を聞きながら、青年妖精はセラを屋根から両手で大切に下ろす。

「セラを運んで。僕は、アンに砂糖菓子を作ってもらう。アンはセラの命を繋ぐための、砂糖菓子を作ってくれるって」

青年妖精が、馬車の脇《わき》に立つアンをちらりと見やる。

「本当に、作ってくれるのかい？」

「作ります」

「お願いするよ。セラを助けてくれ。俺たちは……セラがいないと、どうしていいのかわからない」

深々と礼をして、青年妖精は神殿の方へと向かう。

(楽園の妖精たちは、本当に心からセラを信頼《しんらい》して、頼っている)

ここでセラが突然《とつぜん》消えてしまったら、彼らは呆然《ぼうぜん》として、一歩も動けないかもしれないと思えた。

(繋がなきゃ、セラの命)

覚悟《かくご》を決め、アンは御者台のリューに向き直った。

「リュー。セラにとって意味のある、大切なものを形にしたいの。そうじゃなきゃ、セラに充《じゅう》分《ぶん》な力が与《あた》えられないから」

涙を拭《ふ》きながら、リューは頷《うなず》く。

「セラにとって大切なのは、楽園よね。リュー」

「うん」

アンは、思い出していた。セラにとって最も意味のある大切なものは何かと訊いたとき、彼女はすこし不愉快《ふゆかい》そうな顔をしたのだ。大切なものなのに、なぜ不愉快な顔をするのか、その時は意味がわからなかった。

しかし——先刻、セラは妙《みょう》なことを口走った。

ともに楽園を作ったリラという妖精を、楽園を守るために「食べた」と。

セラと——そしてリラと、二人で作った楽園が大切なものであるとしたら、それをともに作ったリラはセラにとって唯一《ゆいいつ》無二とも言えるほど大切な存在だったはずだ。その彼女とともに夢見て作ったからこそ、楽園が大切なのだ。セラにとって一番大切なのは——リラ。

一緒《いっしょ》に夢見た、同じ時、同じものから生まれた妖精を、セラは「食べた」と表現した。その言葉には、自身への批難が含まれている。セラはリラの死は自分のせいだと感じ、そして心を痛めている。そのことに触《ふ》れられれば不愉快なはずだ。だからセラは、大切なものと問われて、不愉快な顔をした。

「セラにとって、一番大切なものって、リラって妖精なのかな？」

問うと、リューはしばらく考えて、小さく頷く。

「……そうかもしれない」

アンに問われてようやく事実に気づいたかのように、ぽろぽろと、リューの瞳《ひとみ》から涙がこぼれた。

「うん。そうかも、しれない。だってセラはリラと一緒に生まれて、酷いことも乗り越《こ》えて、楽園を作ったって言ってた。きっと楽園そのものより、セラは、リラが大事だった」

リューは、唇《くちびる》を噛《か》む。

「リラは、どんな妖精だったの？」

「セラはリラと同じものから、同じ時に生まれたんだ。二人は……よくわかんないけど、雨に濡《ぬ》れると、もくもくっと目に見えない煙《けむり》を出して、生き物をくらくらさせる鉱物から生まれたって聞いたんだ」

リューの説明は単純すぎて、セラとリラが何から生まれたのかは判然としない。ただ一定の条件で、生き物を幻惑《げんわく》させる何かを生成する性質のある鉱物だろうことは想像できた。

「それでセラの方が空に近くて、リラの方が地面に近いところから生まれたって。だからセラは能力を外に向かって使えるけど、リラは、セラに力をあげる能力しかないんだって言ってた。でもその分、リラの方がすっごく強い命なんだって。だからね、セラはいつもリラから力をもらってた。こうして……」

と、リューは自分の掌《てのひら》を、もう一方の自分の掌の上に重ねる。

「手を合わせて、力をあげてたんだよ。そしたら元気のなかったセラは、すぐに元気になる。リラがいたら、セラは今もすぐに目を覚ましたはずだよ」

「力を、与えていたのが……リラ」

その名を、思わず唇に乗せた。

(間違《まちが》いない。作るべき形は)

リューの言うように、セラに唯一、力を与える存在がリラだったとしたら、それがセラに力を与える最も強い形ではないだろうか。

(リラだ)

即座《そくざ》に、迷いなく、アンの中で作るべきものが決まった。

「リュー。リラって、どんな姿の妖精だったの?」

「セラとそっくりだったよ。だけど、色が逆なの。セラの瞳の色がリラの髪《かみ》の色で。リラの瞳の色が、セラの髪の色」

「リラの瞳は、白だった？」

「うん。ぱっと見たら、どきってするような変わった感じ。白く光るような、銀色っぽい輝《かがや》きがある。綺麗《きれい》な瞳だった」

セラの姿を思い浮《う》かべながら、アンはその姿からリラを想像する。

「セラと同じように、優雅《ゆうが》な感じだった？　リラは」

「ううん。姿はそっくりだけど、リラの方が元気で、潑剌《はつらつ》としてて。そうだ。アンと一緒にいるミスリル・リッド・ポッドみたいな感じ」

「あんなに元気で明るかったの？」

「うん。セラが、いつも呆《あき》れるくらい。とても綺麗な姿なのに、変な顔してセラを笑わせたり、ぴょんぴょん跳《は》ねたりして、みんなを脅《おど》かしたり」

会ったこともないリラの輪郭《りんかく》が、徐々《じょじょ》にはっきりしてくる。セラとそっくりな容姿でありながら、髪と瞳の色彩《しきさい》は入れ替《か》えたように逆で、陽気で、ちょっとおどけたところのある妖精。

（作れる）

自分の中に形が定まり、アンは立ちあがった。

「ありがとう、リュー。セラの力になる砂糖菓子《がし》を、作る。あなたは、セラの所へ行ってあげて」

早足でその場を離《はな》れるアンの背に、

「お願い！」

リューの必死の声が当たる。ふり返って手を振《ふ》り、アンは馬車の荷台へ向かった。作業場に入った途端《とたん》、奥の樽《たる》の中から、ぴょんとミスリル・リッド・ポッドが飛び出してきた。

「アン！」

「ここにいたの、ミスリル・リッド・ポッド！」

「ちょっと、目を回しちゃってて。それで、どうなったんだ！　セラがここに来たんだぞ」

「うん。知ってる。でもセラは、倒《たお》れて命が尽きかけてる」

「そうなのか？　じゃあ、簡単に逃《に》げ出せる……」

「逃げないわ」

言いながら、アンは作業台に固定されている様々な道具を取り出しにかかる。

「どうして!?」

「セラに、楽園の後始末をしてもらうために、彼女の命を繋《つな》ぐの。そのために砂糖菓子を今から作る。お手伝いを、お願い」

ミスリルは、ぽかんとした顔をしていたが、

「まあ、なんだかわかんないけど。大丈夫《だいじょうぶ》なんだよな？」

「うん」

「わかった！　じゃあ、仕事だな」

ミスリルは腕《うで》まくりし、アンとともに道具類を取り出し、銀砂糖の樽の蓋《ふた》を開ける。

アンは、急いで小川へ水を汲《く》みに走った。

一旦《いったん》馬車から出たとき、森の奥から怒鳴《どな》り合うような声が聞こえて、びくりとした。しかしそこには、シャルが向かっているのだ。

（シャルなら、きっと大丈夫）

彼が自信満々に微笑《ほほえ》んだのだから、大丈夫だ。アンと、作業場は、絶対に守られる。そう思いながら、冷水を荷台へ運び入れた。

樽から銀砂糖をすくいあげ、石板にあけ、水を加えて練り始めた。ミスリルが並べてくれた道具類をちらっと見て、お願いする。

「はずみ車も、お願いできる？」

「銀砂糖の糸を紡《つむ》ぐんだな？　何を作るつもりなんだよ」

「セラと同じ時、同じものから生まれた妖精《ようせい》、リラを形にするの。彼女はセラとそっくりな姿だったけど、瞳はセラの髪の色と同じで、髪はセラの瞳の色と同じだったんだって聞いた。だからはずみ車で紫紺《しこん》の糸を紡ぐの」

銀砂糖を糸のように細く紡ぐ技術は、銀砂糖妖精から受け継《つ》いだものだ。それを使えば、紫紺だったというリラの髪が、とても美しく再現できるだろう。

銀砂糖を練りながら応じると、ミスリルが色粉の瓶《びん》に視線を走らせる。

「じゃあ色彩は、セラと同じだと思っていいな。だったら、これと、これと、これ。それに、これもあればいい」

背にある一枚の羽を羽ばたかせ、ミスリルは青を中心とした色粉の瓶を次々と作業台に並べる。赤系統の瓶も取り出す。的確な判断に、アンの口元はほころぶ。

「ミスリル・リッド・ポッドって、本当に色の妖精らしくなってきた」

「らしくじゃなくて、俺様は色の妖精だ。まぁ、本業の色の砂糖林檎《りんご》を作る仕事は、まだまだ、アンが充分《じゅうぶん》使えるほどの量ができないけどな」

「一緒《いっしょ》に作業してくれるの、頼《たの》もしい」

ミスリルはへへへっと、照れ笑いして頭を掻《か》く。背の羽がぴんと伸《の》びて、ふわっと薄紅《うすべに》の色が差す。

アンは銀砂糖を練りながら、焦《あせ》っていた。

(あのままセラの命を終わらせたくない)

彼女は人間たちに酷《ひど》いことをしたかもしれない——だが。いや、だからこそ、楽園に結末をつける義務がある。そのために生きていて欲しかった。

ギルバートと男たちの争う声が聞こえる方向に、シャルは走った。

日射《ひざ》しがこぼれる森の中の小径に、こちらに背を向けて必死に相手を押しとどめようとしているギルバートの姿を認めた。

彼と対峙《たいじ》しているのは、顔に傷のある男と、農民風の男。彼ら二人の背後には、彼らのおこぼれに与《あずか》ろうとするかのように、老女と中年女、痩《や》せた青年の姿がある。

どの顔にも人間らしい生気と、欲《よく》が浮かんでいた。

「どけ、ギルバート」

「待ってくれ。みんな、出て行くってどうして」

戸惑《とまど》いながら声を張ったギルバートに、二人の男の後ろにいた中年女が、うるさそうな顔をする。

「どうもこうもないよ。ただ出て行こうって決めたんだ」

縋《すが》るように、ギルバートは言う。

「君まで、急にどうしたんだい。今朝までそんなこと言ってなかったのに」

「今朝も、そんなことを考えてたんだけど、セラが来たらふっとそんな気も失《う》せた。でもねぇ、さっきから色々考えるんだよ。こんな場所は退屈《たいくつ》すぎるってさ。ねぇ、あんたもそうだろう」

と、中年女が同意を求めたのは、木の幹に縋って隠《かく》れるようにしている痩せた青年だ。

「退屈とか、そんなんじゃなく。俺はなんだか、ここにいるのも不安で。逃げたい」

「何が不安なんだい。ここには家もあるし、食べ物もある」

ギルバートの言葉に、中年女の背後から顔を出した老女が、嫌《いや》そうに顔をしかめた。

「でも、ここは妖精たちがいるからねぇ。それが、あたしゃ、なんだか嫌な気がしてきた」

「妖精たちとずっと一緒にいたじゃないか。どうして、急に」

信じられないと言いたげなギルバートに、三人は冷ややかな表情を向けている。

「五人とも、楽園に来るまでのことは何も覚えてないいんだろう!?　自分の名前も、生まれ故郷も、何をしていたのかも忘れてしまっているのに、どうするつもりなんだ」

「なんとかするよ。こんなところで、まずい木の実なんか食べ続けてるより、楽しく暮らせるようにね」

中年女が鼻で笑うと、痩せた青年がおどおど上目遣《うわめづか》いで、ギルバートを見る。

「ギルバートも、同じだろう。何も覚えてないんだろう。一緒に出て行こう」

「ここでずっと穏《おだ》やかに暮らせてるのに、出て行く意味はないだろう。君たちだって」

「穏やか？　妖精と一緒で嫌じゃないのかい」

嫌悪《けんお》混じりの老女の声に、ギルバートが目を見開く。

「何が嫌なんだい?」

その反応に、シャルは少なからず驚《おどろ》く。

セラの力が弱まっている今、ギルバートも他《ほか》の連中と同じ条件のはずだ。彼は、彼自身の思考でいるはずだ。にもかかわらず、彼は他の連中とは違《ちが》い、この場所を嫌がってもいないし、妖精たちと暮らすことに、違和感《いわかん》も覚えていない。

(この男は他の連中と違う)

ギルバートと向かい合う一人、農民風の男が言う。

「話にならねぇな、ギルバート。こんな場所で、木の実を食いながら、妖精と生活してるのがおかしいって、俺たちはやっと気づいたんだ」

彼は、宿場の酒場にセラとともにやってきて、シャルとミスリルを楽園まで案内してきた男だったが——様子が変わっていた。今朝までこの男は、ぼうっとし、視線も定まっていなかったが、今はギルバートをまっすぐ睨《ね》めつけている。これが本来のこの男なのだ。

顔に傷のある男が、顎《あご》をさすりながら言う。

「でも、まあ、ギルバートが言うように、俺らは自分がどこの誰《だれ》かも、思い出せねぇ。でも金さえありゃ、当面なんとかなる。そして金づるは、うようよいる。一人につき、妖精二、三匹《びき》とっ捕《つか》まえて妖精商人に売り飛ばせばいい金になるぞ」

「何を言ってるんだ。楽園の仲間を売るのか!?」

「あいつらは妖精だ。仲間じゃないよ」

老女の低い声に、ギルバートの顔が強張《こわば》り、恐《おそ》ろしそうに一歩後ずさる。

嫌な気配が満ちていく。

シャルは右掌《みぎてのひら》に意識を向けた。そこに光の粒《つぶ》が集まる。

ギルバートは、じりじりと後ずさる。

「みんな、おかしい。とにかく、止まってくれ。話し合おう」

「おかしいのは、おまえだよ。ギルバート」

弱々しいながらも立ちはだかるギルバートの肩《かた》に、男二人の手が伸びた。

シャルは木陰《こかげ》から飛び出す。男たちの手がギルバートの肩を摑《つか》む直前、間に割って入った。

「動くな」

白銀の刃《やいば》を構え、男たちを鋭《するど》く見据《みす》えた。

「シャル？」

ギルバートがシャルの背後で呆然《ぼうぜん》と呟《つぶや》く声を聞いたが、ふり返りはせず、ただ正面の男二人とその後ろに棒立ちになっている三人を視界に入れ、牽制《けんせい》する。

「ここから出たいならば、出て行け。勝手にすればいい」

「でも、シャル！　協力者が僕だけでは、楽園は困るんだ。立ちゆかなくなるんだ。町へ出て、ここじゃ作れないものを買うにしても。家を作るにしても、畑を耕すにしても。ここに近づこうとする人間を上手《うま》く遠ざけるにしても、協力者が必要で」

「必要ない」

　背を向けたまま、シャルは冷たく告げた。

「楽園は消える。協力者はもう必要ない」

「……どういうことだい」

　その問いは無視し、シャルは正面の五人に告げた。

「行け。ぐずぐずしていると、斬《き》るぞ」

　五人は互《たが》いに目配せして、そろそろと動き出し、こちらをふり返りふり返りしながら、楽園の外れへと向かっていく。彼らの姿が見えなくなって、ようやくシャルは構えを解き、手を振《ふ》って刃を消す。

　背後から足音が近づき、ギルバートの震《ふる》え声がした。

「シャル。楽園が消えるというのは、どういう意味だい」

「言葉通りだ。ここはもうすぐ失われる。人間の協力者なくして楽園は立ちゆかない。そして協力者を繋《つな》ぎ止めることが、もうできなくなった。連中の様子を見ただろう」

　五人が消えた方向にちらっと目を向けたシャルに、ギルバートは、理解できないというように首を横に振る。

「どうして、急にこんなことに。どうしてだ。僕は十年もここにいるけど、こんなことは一度もなかったのに……」

「セラの力が弱まった」

「セラ？」

「協力者たちは、セラの能力で支配されていた。それが弱まり、本来の奴《やつ》らしく、考えるようになったというだけだ。おまえも、支配されていた」

思い当たることでもあるのか、ギルバートは唇《くちびる》を嚙《か》んで押し黙《だま》った。おそらくアンから、何か聞いたのだろう。

「セラとリラが、僕を助けてくれた。十年もここで、幸せに暮らせた」

ギルバートの呟きに、シャルはため息をつく。

楽園に引き込まれ、セラに記憶《きおく》を奪《うば》われながらも、彼は真実、楽園の協力者となったのだ。

（誰もが、この男のようであれば、セラは能力を使う必要はなかったかもしれない）

おそらくセラは当初、ギルバートを操《あやつ》り、リラとセラが安全に暮らすための手づるにしようとした。しかし操らずとも、彼が二人とともに穏やかに過ごし、協力してくれたことで、思いついたのだろう。

もっと妖精《ようせい》の仲間を増やし、妖精の楽園を作ろうと。そのためにギルバートのような協力者が何人も必要だと。

セラとリラは、妖精たちを集め、楽園を作り、協力者たちを引き込んだ。

しかしギルバート以外の協力者は、とても人間らしかったのだろう。そのためにセラは、ギルバート以外の協力者たちを支配する必要性に迫《せま》られ、能力を常に使い続けた。

「セラから……聞きたい。本当のことを」

ぽつりとギルバートが言う。

「セラは瀕死《ひんし》だ。だが、アンが砂糖菓子《がし》を作って、命を繋ごうとしている。アンの砂糖菓子が間に合えば、セラは目覚めるはずだ」

ギルバートが強張った顔で頷《うなず》く。

「では、僕はセラが目覚めるのを待つ。そして彼女に直接訊《き》く。本当に、そんなことをしたのか。聞きたいんだ、ちゃんと。セラから」

責めるつもりではないことが、彼の表情からうかがえた。セラなりの理由があり、その理由がギルバートの気持ちを傷つけないものだと信じたい——そんな願望が読み取れた。

そんな願望を抱《いだ》くのは心の弱い男なのだろうが、同時に優《やさ》しくもあるのだろう。

「アンが砂糖菓子を作っている。待てばいい」


練り続けた銀砂糖の艶《つや》が増す。練るための回数、呼吸、そして掌の感覚。自分の中で数値化したものと、感覚と、双方《そうほう》が合致《がっち》すれば、それは銀砂糖が最も美しい艶を放つ瞬間《しゅんかん》だ。

（ここだ）

適切と思われるその時、手を止め、銀砂糖の塊《かたまり》を幾《いく》つかにわける。

一つにはごく薄《うす》い紅の色粉を混ぜ込み、セラの肌《はだ》のような、すこし柔《やわ》らかい白色の銀砂糖にする。その銀砂糖を、手足の細い妖精の形にしていく。くつろいだ様子で座り、両手は膝《ひざ》の上にあり、力の抜《ぬ》けた様子で掌を上に向けている。

顔は掌の辺りを、どことなく見守るように、やや伏《ふ》し目がちに。

それがあらかた形になると、今度は別の一つの銀砂糖の塊に青の色粉を入れ、今しがた作った妖精の肌の色に似合う、儚《はかな》げな青にする。薄くのばし、破れそうなそれを石板から剝《は》がし、妖精の体にまとわせる。ドレープを意識しながらまとわせ、その後に、細いへらで細かい皺《しわ》を刻む。座った周囲に広がる裾《すそ》は特に丹念《たんねん》に、こつこつと細かく皺を刻む。そうすると裾が、風で微《かす》かに揺《ゆ》れるような造形になる。

さらに別の銀砂糖ひと塊に、ドレスよりも少し濃《こ》い青とわずかな緑を混ぜ、練る。ドレスよりも薄くのばして、妖精の羽にする。羽は青と薄緑《うすみどり》のグラデーションで、透《す》ける薄さ。色味は、シャルやミスリルの気分が落ち着いているときの、羽の色に似せた。

最後の一つは、ごく小さく取り分けた。これは瞳《ひとみ》だ。熱して溶《と》かした、銀の艶のある玉を作り、それを薄くのばした純白の銀砂糖で包む。そうすると内部の銀の光沢《こうたく》で、白い瞳が生き生きと輝く。それを妖精の小さな顔に埋《う》め込む。

着々と形になっているが、今から大変な作業が待っていた。

作業場の窓から外を見ると、あたりは暗くなっている。

それにしては作業が問題なくできたことを不思議に思って荷台の中を見回すと、いつの間にかランタンに灯《あか》りが入っていた。

「ミスリル・リッド・ポッド！　ありがとう、灯り」

驚《おど》いて今更《いまさら》礼を言うと、彼は胸を張る。

「このくらい、言われる前にやるのが有能な助手ってもんだ」

「本当に、有能。お世辞じゃなくて」

思わず口にすると、照れたように鼻の下をこすり、ミスリルは作業台で石板に載る作りかけの砂糖菓子を見やる。

「かなり形になったけど、これからが大仕事だな。髪《かみ》だよな。はずみ車を使うんだろう」

「うん。綺麗《きれい》な髪にしたいの。リラの髪は、セラの瞳と同じ色だったってリューが言ってたから。彼女の髪は、とても印象的で美しかったと思うの。それを作りたい」

疲労感《ひろうかん》はあったが、首と腕《うで》を回し、もう一度銀砂糖を樽《たる》からくみあげて石板に広げ、水を加えて練り始める。

（セラの瞳は、艶のある紫紺《しこん》。それと同じ色）

練った銀砂糖に、濃い青と濃い赤の色粉を交互《こうご》に少しずつ混ぜ込みながら、色を探《さぐ》っていく。明るすぎても駄目《だめ》だが、暗すぎても駄目だ。

少しずつ、少しずつ、色を加える。

(赤を、もう少し。だめだ、明るい。青を増やして……近い。もっと艶のある濃い色に。赤を入れて。少し、もう少し……)

色粉の瓶《びん》から、針の先のように細い匙《さじ》ですくい、色を落とし、練る。

(もうひと匙だけ、赤)

わずかに色粉を加えた。それを全体に馴染《なじ》ませるように、さらに練る。

(これだ!)

手元の塊に、セラの瞳の色が見えた。これを練っていけば、艶が増し、セラの瞳と同じ色になる。

呼吸を計り練り続けた。

いい艶が出たと感じると、はずみ車を手に取った。

このはずみ車を使って、銀砂糖を糸のように細くしていく。これは銀砂糖妖精のルルから授《さず》けられた、妖精たちが作りあげ、受け継《つ》いできた技術。この技術の継承者《けいしょうしゃ》は今はまだ数人だが、いずれこの技術も職人たちの間で知られ、広まっていくはずだ。砂糖菓子職人の見習いとして各工房《こうぼう》に修業《しゅぎょう》に入っている妖精たちも、今はまだ少ない。けれど技術が広まるように、妖精の職人も増えるはず。

(良いもの、優《すぐ》れたものは、自然と増えていくもの)

手を充分《じゅうぶん》に冷水で冷やし、銀砂糖をひと塊手に取って、その端《はし》を小さく縒《よ》り出し、はずみ車の軸《じく》に巻きつける。

はずみ車に回転をかけながら、宙に放るように手を放す。

手を離《はな》れたはずみ車が、銀砂糖の糸一本に支えられ、回転する。

アンの手の中にある銀砂糖の塊から出た縒り出しが、細く細く、長くなり、宙でくるくると回るはずみ車に向かって吸い込まれる。はずみ車の軸に、紫紺の銀砂糖の糸がみるみる巻きついていく。

息を詰《つ》め、しかし手首は柔らかく、はずみ車の振動《しんどう》を感じながら、自然と糸が繰《く》り出されるように集中する。

紫紺の糸がどんどん巻きつく。

「よっ……しっ!」

はずみ車の芯《しん》が紫紺の色で繭《まゆ》のように膨《ふく》らむと、宙に浮《う》かぶはずみ車を下からすくい取るように素早《すばや》く受け止めた。

この糸は素早く扱《あつ》かわなければ、すぐさま乾《かわ》いて崩《くず》れる。しかし焦《あせ》ると、ばらばらに切れる。

石板の上で慎重《しんちょう》に、しかし手際《てぎわ》よく、芯から解いていく。紫紺の糸を石板に広げる。

紫紺の川の流れのように、石板の上に細い糸が並ぶと、ランタンの光を受けて微妙《びみょう》な陰影《いんえい》で輝き、それだけで美しかった。

それに見とれている暇《ひま》などなかった。

紫紺の糸を一本、少し太めの針の先に押し当てる。針先にひっついた糸を、形になっていた妖精《ようせい》の砂糖菓子《がし》のうなじに押し当てる。それで一本、妖精の首筋から長い髪が生える。これを頭頂部へ向けて、何本も繰り返すのだ。

大変だが、紫紺の糸が乾くので時間はかけられない。ぐっと腹に力を入れ、石板の上にかがみ込み、針に紫紺の糸を押し当てた。

息を詰め、瞬《まばた》きさえ少なくして作業を続ける。長い紫紺の髪が、妖精の肩《かた》に、背に、羽に流れる。自然な流れと艶を確認《かくにん》し、息さえまともにできないほど集中していながら、胸の中でどきどきと嬉《うれ》しさが膨らむ。

(綺麗な妖精になる、きっと)

揺れるランタンの灯りも、馬車の外から聞こえる虫の音も、アンは意識できなかった。

ただひたすら指先に集中する。

髪が豊かになると、今度はすこし砂糖菓子から視線を離す。

髪の流れを俯瞰《ふかん》で見て、針を手にして、整えていく。肩にかかる髪、耳にかかる髪、手元に落ちる髪、額に落ちる髪。背に流れる髪の広がり。それらを細かく調整した。

最後に、残った紫紺の糸を細かく切った。ほとんど針の先ほどの小さなそれを、妖精の目の上と下、睫《まつげ》の位置につけていく。白の不思議な瞳を縁取《ふちど》り、際立《きわだ》たせるように。

細かく丹念に睫をつけると、再び全体を見て、針や細いへらを次々持ち替《か》え、調整していく。ドレスの皺や、髪の流れや、そんなところを。

作業を始めて、どのくらいの時間が経《た》ったかわからなかったが、立ちっぱなしの足はしびれ、目はしょぼしょぼし、肩が軋《きし》むようになっていた。

それでもまだ、まだと、満足できずに手を動かした。いつまで続けるのか、いつまで続ければ自分が納得《なっとく》するのか、わからない。しかし手が止められないので、続ける。

そして——ふと、虫の音が聞こえた。

手元にちらちらと、ランタンの揺らめきを感じた。

無音だった自分の周囲に音が戻《もど》り、光の揺らめきが戻ったそのときが完成の合図だと、アンは経験でわかっていた。

「たぶん……できた」

針を置き、アンは小さな息とともに、そう口にしていた。

ミスリルは作業台で、できあがった砂糖菓子をぼうっと見つめていて、しばらく反応しなかった。しかし、はっとしたように目を瞬き、アンを見あげた。

「できたな、アン。これ、セラにすぐに持って行くか？」

作業場の窓から空を見やる。ほんの少しだけ欠けてはいるが、それでも明るい月があった。

「いつ頃《ごろ》だろう、今」

「たぶん、真夜中は過ぎてる」

時間がかかりすぎた。そう思いながらも、アンの技術をありったけ注いで形にしなければ、きっとセラの命は繫《つな》がらない。

「急ごう」

アンが砂糖菓子を載せた石板を手にすると、ミスリルがひらりとアンの肩に乗る。

馬車のステップを降りると、廃墟《はいきょ》の出入り口の壁《かべ》にシャルがもたれかかっている姿が見えた。そしてその足もとに、疲《つか》れたように膝《ひざ》を抱《かか》えて座り込むギルバートと、彼に寄り添《そ》うように座るフラウ。

さらにセラを心配して集まってきたらしく、妖精たちの姿もある。

「できたのか？」

「うん、できた。今からセラのところへ持って行く」

シャルの問いに答えながら、廃墟に近づく。

ギルバートとフラウが立ちあがる。アンの手にある砂糖菓子に目をやったギルバートが、驚《おどろ》いたように小さく声をあげた。

「リラだ」

「これ、リラに似てる？　パパ」

「……そのものだ。驚いた」

フラウの金の瞳《ひとみ》は、珍《めずら》しげにくるくるしている。

「セラに、渡《わた》してくる」

助手役のミスリルを肩に乗せて、彼と一緒《いっしょ》に廃墟に踏《ふ》み込む。

月光がこぼれる石の床《ゆか》と、奥にある緑の天蓋《てんがい》と、花の寝台《しんだい》。赤い花に埋《う》もれ横たわっているセラの傍《かたわ》らには、リューが座っていた。他《ほか》の妖精たちは遠慮《えんりょ》がちに廃墟の外にいるが、リューはよほどセラと親しいのだろう。

セラとリラの視線で生まれたと言っていたから、リューは他の妖精たちから、セラとリラの身内のように思われているのかもしれない。

「砂糖菓子、持ってきたよ」

「アン！　できたの！」

月光に白く浮かぶセラの顔を見下ろしていたリューが、期待に満ちた顔でふり返る。立ちあがると、アンの手にある砂糖菓子に目をやって、あっと小さな声を出す。

「リラ！　リラだ」

「これをセラに」

「うん！」

寝台に膝を乗せ、砂糖菓子を石板から下ろし、セラの傍らに置く。

赤い花の上に置かれたそれは、セラと逆の色彩《しきさい》を持つ、セラによく似た妖精の姿だった。

くつろいでゆったりと座り、膝の上に両手を乗せている。何かを待ち、受け止めるように、両掌《りょうてのひら》は上向けられていた。その両掌を見つめるのは、紫紺《しこん》の睫に縁取られた、艶《つや》のある白銀の瞳。硬質《こうしつ》な輝《かがや》きで珍しい色彩だが、その異質な輝きを感じさせない、口元に微《かす》かな笑《え》みを浮かべたやわらかな表情。身につけた儚《はかな》げな青のドレスのドレープも柔《やわ》らかい。流れる紫紺の髪《かみ》は、羽に触《ふ》れ、肩にかかる。さらに額に落ちかかる髪や後《おく》れ毛が、生き生きした感じを与《あた》える。

そっとアンは、セラの片手を取り、傍らの砂糖菓子の掌の上に、重ねさせた。

静かに微笑《ほほえ》む砂糖菓子の妖精は、掌に置かれたセラの手を見おろして、受け止めているように見えた。

リューが、祈《いの》るような目でセラを見ている。

ミスリルは、アンの肩の上で、アンの髪の一房《ひとふさ》を摑《つか》み、緊張《きんちょう》していた。

アンは祈りながら、息を詰め、見守る。

（もう少しだけ、セラの命が続けば）

砂糖菓子の掌部分から、小さな光の粒《つぶ》が一つ、ぽかりと浮《う》いて消えた。はっとそこに目をやると、さらに光の粒が、一つ、二つ、三つと浮き、徐々《じょじょ》に数を増やす。セラの掌と砂糖菓子の掌が光の粒に覆《おお》われ、輝く。

それと呼応するように、砂糖菓子そのものが薄《うす》く光る。砂糖菓子の表面に細かな光が浮いた。セラの手を受け止めていた砂糖菓子の掌、その指先が光に滲《にじ》み、溶《と》けだす。

セラの白い睫が震《ふる》え、瞼《まぶた》が震えながら開き、紫紺の瞳が現れる。

「セラ！」

リューが涙声《なみだごえ》で呼ぶと、セラの視線がリューの方へ向き、微笑む。

「……あら、リュー？　わたし……？」

視線を巡《めぐ》らせたセラは、自分の掌に目を向ける。

そして自分の掌が乗る砂糖菓子《がし》に視線を這《は》わせ――。


「いやぁ！　……リラ！」

セラは悲鳴をあげ、砂糖菓子の上にあった自分の掌を胸に引き寄せ、砂糖菓子に背を向けて丸まった。

「いやいや、いや！」

丸めた背中と、未《いま》だ力のない、色の抜《ぬ》けたような片羽がぶるぶる震える。

「どうしたの、セラ！　砂糖菓子だよ、食べて。そしたら」

リューが駆《か》け寄り、セラの肩《かた》に手をかけたが、セラは両手で自分の顔を覆う。

「いやよ、いや」

「どうして、セラ!?」

「あっち へ行って！」

拒絶《きよぜつ》の言葉に、衝撃《しようげき》を受けたようにリューの目に涙《なみだ》が浮かぶ。

「どうして、セラ？　どうしちゃったの。砂糖菓子を食べてよ」

そこでアンにふり返り、リューは縋《すが》るように問う。

「セラ、どうしちゃったの？　この砂糖菓子、何かが悪いの？　アンはこの砂糖菓子に何かした？」

「馬鹿《ばか》言え！　アンが、何もするもんか」

ミスリルは反論するが、涙の粒を飛ばしてリューが立ちあがる。

「でも、セラが！」

セラを見守り続け、不安の中にいただろうリューの気持ちが切れたらしく、ひくひくと声を出して泣き出す。

震えるセラを見おろし、アンは呆然《ぼうぜん》とする。

(わたしは、何か、間違《まちが》った?)

もしそうだとしたら、アンは砂糖菓子を作った職人として、訊《き》かねばならない。何が間違っていたのか、何がセラをこれほど怯《おび》えさせるのか。そしてもしアンが間違っているのなら、頭を下げて作り直す。

ここまでセラを怯えさせる形には、意味がある。怯えの原因を理解すれば、セラに本当に必要な形がわかるかもしれない。

「ミスリル・リッド・ポッド。リューを外へ連れて行ってくれる? わたし、セラに訊かなくちゃならない」

怯え震えているセラの気持ちが、リューの泣きじゃくる声でさらに乱れるのを危惧《きぐ》してお願いした。

ミスリルは「わかった」と応じると、アンの肩から降りて、リューの肩を抱《だ》く。

「アンが、どうにかする。アンは銀砂糖師だ。仕事をしようって決めたからには、砂糖菓子を必要とする奴《やつ》に、最も必要なものを作るんだ。絶対に作る。安心しろ。だから、来いよ」

肩を抱かれて促《うなが》されると、泣きながらリューはとぼとぼ歩き出す。

ミスリルとともにリューが廃墟の外へ出ると、月光と、震えるセラとアンだけが残った。

「セラ」

ゆっくりと、セラを脅《おど》かさないようににじり寄る。

「あなたにとって意味のある形で、いい出来映《できば》えの砂糖菓子なら、食べれば寿命《じゅみょう》は延びる。確かなことは言えないけど、わたしの師匠《ししょう》の銀砂糖妖精《ようせい》は、瀕死《ひんし》の状態から一年は生きられた」

震えていた羽が、動かなくなっていた。もはや震える力もないのかもしれない。ただ背中はまだ小刻みに震えている。

「わたしは、人を使役《しえき》するあなたのためには、砂糖菓子を作れないと思ったの。でも、泣いているリューを見て、この楽園が突然《とつぜん》あなたを失ったらどうなるか考えて、妖精たちが酷《ひど》いことになるって。そんな哀《かな》しいことにはしたくないって思ったの」

ぴくりと、セラの肩が揺《ゆ》れた。

「セラの命が延びたら、セラがみんなのためにできることがある。楽園がなくなってもみんなが酷い目に遭《あ》わないように準備できる。ここは、あなたが作った楽園。でも永久には続かないもの。あなたもそれはわかってるはず。だったら、哀しいことにならないように、あなたがこの楽園に結末をつけてあげて欲しい。そのために、砂糖菓子を食べて欲しい。だから、教えて」

セラの背後には、指先の崩《くず》れた砂糖菓子がある。わずかに崩れていても、その砂糖菓子は月光に照らされ、紫紺の髪が輝き、美しいまま。

「この砂糖菓子が嫌《いや》なら、他《ほか》の形にしなきゃ。でもどうしてこの砂糖菓子が嫌なのか、教えて。セラに力を与えてくれていたリラの姿が、あなたにとって一番意味があると思ったから、わたしはこれを作った。でも駄目《だめ》なのね？　どうして？　力を与えてくれたリラの砂糖菓子が、どうして駄目なの」

「……だからよ」

細く、かすれた声が応じた。

「え？　今、なんて」

聞き取れず問い返すと、セラがこちらに顔をふり向け、高い声で叫《さけ》んだ。

「リラがわたしに力を与えていたからよ！　だから食べられない！」

「どうして？　力を与えてもらっていたなら、これはセラの力になる形」

「わたしは、リラを食いつくしちゃったのよ！」

跳《は》ね起きたセラは、逃《に》げだそうとするかのように膝《ひざ》に力を込めようとしたが、そのままへなへなと崩れて花の上に伏《ふ》せた。

「セラ！」

くずおれたセラは、きっと顔をあげ、力のない腕《うで》でわずかに這いずった。そして砂糖菓子の前に来ると、顔を伏せる。

「リラはわたしに、力を与《あた》え続けた。楽園を守るために、わたしが能力を使えるように。でも力を与えるってことは、リラはわたしに命を与えていたってこと。わたしは、リラの命を食べ続けたのよ。知っていて……食べた。リラが、『いいよ』って言うから。そうしなきゃ、楽園がなくなっちゃうのわかっていたから。もう、人間たちの世界に戻《もど》るのは嫌だったから、二人とも」

愕然《がくぜん》とし、同時に理解もした。

ミスリルが口にした疑問の答えが、これなのだ。

同じ時に同じものから生まれた妖精の寿命が、それほど変わるはずはない。にもかかわらず、リラの方が先に寿命を迎《むか》えたのは、セラに力を与える——要するに生命力をわけていたから。

「……リラ」

セラが、涙に濡《ぬ》れた紫紺《しこん》の瞳《ひとみ》をあげて、微笑《ほほえ》む砂糖菓子を見あげた。

「大好きなリラのこと、食べ尽《つ》くしたのよ」

驚《おどろ》きが去ると、激しく胸が痛んだ。

(リラは、いいって言ったんだ)

セラはリラのことを大好きと言った。きっとリラもそうだったのだろう。同じ時、同じものから生まれ、二人で楽園を作った彼女は、セラを姉妹のように愛していただろう。愛していたから、セラに力を与えていた。

与えられた愛を、セラは食べた。食べて、食べ続け、リラが消え。そしてセラ自身も消えかかっている。

なぜ、こんなことが起こっているのだろうか。

やるせなくて、空《むな》しくて、ただひたすら胸が苦しい。

(わたしは、どうすればいいの?)

何か、できることをするべきだ。

そう考えたとき、廃墟《はいきょ》の外、森の奥の方から悲鳴が響《ひび》く。

はっと、アンは出入り口の方をふり向いた。

(何かあったの!?)

セラは再び顔を伏せ、肩を震《ふる》わせる。その背にある羽の色が、どんどん薄《うす》くなり、清流のようにまったく色がなくなり、だらりと彼女の体の脇《わき》に垂れた。

このままでは、今すぐにでもセラの命は消える。

(こんなに悲しみながら消えるなんて……! 楽園の結末もつけずに)

焦《あせ》りながら、アンは妖精の砂糖菓子を見やった。

ギルバートもリューも、この砂糖菓子を見てリラだと言った。ということは、アンが想像したリラは間違っていない。この優《やさ》しげな表情も、きっとリラなのだ。そして彼女はセラに言っていたのだ。「いいよ」、と。

そこで気づく。

(セラの哀しみは、当然。よくわかる。でも……リラは)

意を決して、泣き続けるセラに言った。

「セラ、この砂糖菓子を食べて」

ぴくりと、セラの肩《かた》が動く。顔をあげ、慈悲《じひ》を請《こ》うような目でアンを見る。

「酷《ひど》い。そんなこと、できない。もう、リラを食べられない」

アンはまっすぐセラの目を見て、首を横に振《ふ》った。

「哀しくても、食べるのがセラの役目」

廃墟の外に、声が響く。

「助けて！」

誰《だれ》か、妖精の声だろう。怒号《どごう》が響き、足音が乱れた。

ちらりと背後を気にしながら、アンは再び、セラに視線を戻す。

(何かが、起こった。でも外にはシャルがいる。きっと……守ってくれる)

必要とあらば、彼がアンに知らせるだろう。それがないのは、アンはセラに向き合い続けろという意味だ。

「セラ。リラはなんのために、あなたに力をあげ続けたの？」

顔を伏せ、セラは呻《うめ》く。

「わからない、わからないわ。もう、考えたくない。もう……全部終わるんだから」

七章　求める旅路へ

ミスリルがリューの肩を抱《だ》いて、ちょこちょこと廃墟から出てくると、リューを壁際《かべぎわ》に座らせて、よしよしと頭を撫《な》でてやっていた。

シャルはその様子を横目に見て、壁にもたれたまま問う。

「どうした」

「セラが、アンの砂糖菓子《がし》を食べないんだよ」

「なぜだ」

「わかんないよ、俺だって。でもアンが、なんとかするって」

月を見あげ、シャルは胸に広がる虚《むな》しさを覚えた。

「楽園も、今夜で終わるか」

アンは、せめて妖精《ようせい》たちが酷《ひど》い目に遭《あ》わないよう、楽園のリーダーであるセラの命を永らえさせ、楽園を失う準備ができればと願った。だがそれも叶《かな》わないのだろうか。

セラが砂糖菓子を拒否《きょひ》しているのであれば、あの様子では今夜中に命が尽きる。

明日の朝、突然《とつぜん》リーダーを失った妖精たちは、嘆《なげ》き悲しみ、混乱し、慌《あわ》て、すぐには自分たちの行く末を決められない。とりあえずここを守っていこうと考える者も、多いだろう。

（だがおそらく、この場所にとどまるのは危険だ）

協力者たちは去ったのだ。彼らが近寄ってくる人間たちをうまく遠ざけていただろうが、それもなくなる。必要なものも、手に入らなくなるはず。

（そして最も厄介《やっかい》なのが、協力者だった本人たち）

ギルバート以外の五人は出て行ったが、彼らのうちの一部は、妖精を捕《つか》まえて金に換《か》えるのを諦《あきら》めるとは思えない。一文無しであるからこそ、どうにかしてと考えるはずだ。

戦士妖精シャルの姿を五人は見ているので、やるとすれば、妖精狩人《かりゅうど》を頼《たよ》るか――。

突然、森の奥から悲鳴があがった。それに続いて、「あそこだ」、「捕まえろ」と喚《わめ》き合う声が響く。

はっと身を起こし、シャルは森の奥の暗がりを凝視《ぎょうし》する。背にある羽が緊張《きんちょう》に張り詰《つ》めた。

ギルバートとフラウも驚いたように立ちあがり、廃墟の周りに集まっていた妖精たちも、互《たが》いに身を寄せ合って悲鳴の方向を見やる。

「助けて！」

子どもの身長ほどの小柄《こがら》な妖精が、つんのめりながら、こちらに駆《か》けてきた。妖精たちが一斉《いっせい》に仲間に駆け寄り、「どうした」「何があった」と、青い顔で息を切らした仲間を支える。

「妖精狩人だ！」

背後を指さし、妖精は切迫《せっぱく》した声で告げた。

「リンメルが逃《に》げ遅《おく》れた。捕まった！」

妖精の一人が動揺《どうよう》を口にする。

「なぜ妖精狩人が楽園に近寄れるんだ。協力者たちが、上手《うま》くやってくれてないのか⁉」

別の一人が、呻く。

「駄目《だめ》だ。そうだ。セラの力が弱まっているから、協力者たちは……」

絶望的な声に被《かぶ》せるように、呼吸を整えた小柄な妖精が頷《うなず》く。

「妖精狩人を連れてきたのは、協力者だ。案内してる姿を見た」

そこで妖精たちの視線は、ギルバートに向かう。

「おまえも、もしかして……」

誰かの呟《つぶや》きにギルバートは青い顔で否定する。

「僕は、関係してない」

フラウが、ギルバートをかばうように一歩前に出た。

「他《ほか》の協力者は出ていったのに、彼だけは残ったの。彼は、他の奴《やつ》らと違《ちが》う」

「でも……僕は人間だ」

硬《かた》い声で言いながら、ギルバートは妖精たちを見やる。

「協力者だった彼らと、僕なら話ができるかもしれない。行って説得してみる。ここから引き上げてくれと、お願いを」

「馬鹿《ばか》か」

苛立《いらだ》って、シャルはギルバートの声を遮《さえぎ》った。

「協力者を説得？　妖精狩人を案内してきたような連中が、そんなもので引き下がるはずはない。よしんばそいつらを説得できて、そいつらが引き上げを望んでも、妖精狩人はお構いなしで狩《か》りを続ける。そういう連中だ」

右掌《みぎてのひら》を広げ、意識を集中しながら、腹の中にたまる不快さがどうしようもなかった。動揺する妖精たちを睨《ね》めつけた。

「おまえたちは、セラの能力で自分たちが守られているのを知っていたのか？」

シャルの瞳《ひとみ》に揺《ゆ》らめく怒《いか》りに、妖精たちが恐怖《きょうふ》を感じたように沈黙《ちんもく》する。

「知らなかったのか？」

それにも妖精たちは、戸惑《とまど》った顔をする。それぞれなのだろう。薄々《うすうす》感づいていた者もあれば、全く気づかなかった者もいるのだろう。しかしどちらにしろ――、何もしなかったという意味で同じだ。

「安穏《あんのん》として頼りきり、何もしなかったのか。一年前にリラという妖精の寿命《じゅみょう》が尽《つ》きたのだろう。その時に誰も、セラに寄り添《そ》って考えなかったのか。彼女の命や彼女の苦痛や、楽園が失われる可能性を」

「だって、セラは。楽園を作った、俺たちの指導者だから。だから……」

背の高い男の妖精が戸惑ったように口にしたのを、遮る。

「指導者？　だからおまえたちは、考えること全《すべ》てを指導者に押しつけ、何も考えず、何もしようとはしなかったのか。ただお願いだけはしたか？　守ってくれ、快適に生活をさせてくれ。自分たちは何もしないが、指導者はセラだから、なんとかしてくれセラ、と」

せせら笑うように、軽蔑《けいべつ》を口にする。

「楽園を愛し、楽しみながら、何もしなかった。考えることすらしなかった。そういう連中を、怠惰《たいだ》な愚《おろ》か者と呼ぶんだ」

シャルの掌には、白銀の刃《やいば》が出現していた。それを握《にぎ》る。

「セラとリラは、気の毒なことだ。おまえたちのために命を削《けず》った。二人だけであれば、こうはならなかっただろう！」

吐《は》き捨てると、怒号《どごう》が響《ひび》く森の奥へ向け、身を低くして走った。

（セラとリラは、おそらく夢を見た）

二人だけで隠《かく》れ住んでいれば、協力者を増やす必要もなかった。そうすればセラの能力を使う必要もなかった。しかし彼女たちは二人だけの楽園が、寂《さび》しかったのだろうか。

沢山《たくさん》の仲間と楽しく暮らす楽園を夢見て、仲間を集めた。

そして——こうなった。

（エリル）

ビルセス山脈の奥深く、人も滅多《めった》に訪《おとず》れない場所にある澄《す》んだ水底で、長生きの銀砂糖妖精とともに暮らす、真の妖精王に思いをはせる。

（指導者とは……王とは、一歩間違《まちが》えればこんなざまになるものだ）

だからといって、妖精たちの人任せの安易な気持ちや、危機感を覚えない暢気《のんき》さや、そんなものは悪ではないとシャルもわかっている。当たり前にある気持ちや態度で、悪意があるわけではない。

怠惰な愚かさに苛立つが、憎《にく》むほどにはなれない。それが、ありがちなことだからだ。

どうすれば、セラとリラの夢見た楽園はあり続けられたのか。どんな形の楽園であれば、続けられたのか。それはわからない。今更《いまさら》やり直すこともできない。

（だが、その代わり、楽園の始末くらいは手伝ってやる）

エリルと、セラを重ねた。

月の光で、視界はいい。

細い悲鳴を頼りに駆けていくと、木立の向こうに、顔に傷のある男の姿が見えた。楽園の協力者だった一人だ。彼は片手で、子どもの背丈《せたけ》ほどの少年妖精を、後ろ手に捕まえていた。妖精は暴れ、甲高《かんだか》い悲鳴をあげている。

「他の連中は、どこだ」

傷の男にだみ声で話しかけているのは、弓を手にした妖精《ようせい》狩人らしき男。その隣《となり》にはもう一人、剣《けん》を手にした妖精狩人もいる。

(妖精狩人二人と、男一人)

見極《みきわ》めて、さらに身を低くし、一気に距離《きょり》を詰めた。

「もっと北の方にある廃墟《はいきょ》辺りに沢山家があります。そこいらに行けば、もっといますぜ。でも気をつけてくださいよ。一人、戦士妖精が……」

傷の男の視線がシャルの方へ流れ、気づいて、叫《さけ》んだ。

「戦士妖精だ!」

妖精狩人たちが身構えるより早く、シャルは跳躍《ちょうやく》し、傷の男の前まで飛ぶと、手首めがけて刃を走らせていた。男は悲鳴をあげてのけぞり、捕《と》らえていた妖精の腕《うで》を放した。草地に投げ出された妖精に、シャルは鋭《するど》く命じた。

「廃墟へ行け!」

転がるように逃げ出した妖精を目の端《はし》で確認《かくにん》し、シャルは再び身を低くして走り、下草ぎりぎりに刃を走らせ、剣を構えた妖精狩人の足首を薙《な》いだ。

悲鳴と血の臭《にお》いがして、妖精狩人が倒《たお》れる。

もう一人が、弓に矢をつがえてシャルに狙《ねら》いをつける。矢が放たれたが、それをかわし、二射目をつがえようとする、その手首の下から刃を走らせた。妖精狩人は弓矢を放り出し、手首

を押さえてのたうち回る。

動けない三人を無感動に眺《なが》め、シャルは言う。

「妖精が人間を殺したり、傷つけたりしたら、凶悪《きょうあく》な妖精として罰《ばっ》せられる。だが例外があるのを知っているか？　妖精狩人《かりゅうど》なら知っているだろう？」

冷ややかに淡々《たんたん》と続ける。

「妖精狩人は、狩りの途中《とちゅう》で妖精に抵抗《ていこう》されて命を落とすことがある。だが妖精狩人を殺した妖精を他の連中が捕らえれば、その妖精は罰せられることなく妖精商人に売られる。仲間を殺したからという理由で、高額な妖精を殺してしまっては、なんのために仲間が死んだかわからない。だから、そういうふうに割り切られている。実際俺も、狩られたことがあるが、その時数人殺した。それでも俺は仲間の妖精狩人たちに殺されることもなく、妖精商人は俺を買い、客に売った」

薄《うす》ら笑《わら》いをしながら続ける。

「妖精狩人というのは、妖精を狩ると決めたからには妖精に殺されても仕方ないと、人間たちが判断している。人間の勝手なルールにはうんざりするが、これはなかなかいいルールだ」

足首を斬《き》られた妖精狩人が怯《おび》え、必死に尻《しり》で草の上を逃《に》げようとしていた。手首を握って呻《うめ》く妖精狩人も、怯えた目をシャルに向ける。

妖精狩人など、殺してしまいたい。そして今の場合、シャルは妖精であるからこそ、妖精狩人の狩りの最中の殺人は罰せられないはずだ。

(こいつらを殺しても、商品――物と同じと見なされる妖精は罰せられなかった)

ふとシャルは、セラと向き合っているアンのことを思い出す。

人を道具として扱《あつか》ったセラを、アンは責任を取らせると言って助けようとしている。それは彼女が、妖精を対等なものとして見ているからだ。人と妖精を等しいものと考えるから、彼女に、自分のやったことの責任を問うている。

(もし俺が、妖精狩人を殺せば、俺は自分が商品だと認めることと等しい)

もしシャルが人間と対等なものとして生きようとするなら、彼らを狩りの最中だからと殺してはならない。

アンと同じく、対等なものとして、責任を取らせる方法を選ばなくてはならない。

(なら、どうすればいい)

暫《しば》し考え、ふり返る。すると背後では顔に傷のある男が、手首を押さえて木の幹に背をつけて震《ふる》えている。

近づいていくと、男は哀《あわ》れな声で叫ぶ。

「待ってくれ。俺は、妖精狩人じゃない！」

「妖精を捕《つか》まえていなかったか？」

「あ、あれは」

「妖精を捕まえるものは、妖精狩人だ」

恐怖でへたり込む男の前にかがみ込むと、シャルは囁《ささや》くように告げた。

「この場所にいる妖精たちは、消える。おまえたちのその傷が癒《い》えて再度ここを訪れても、妖精は一人も残っていない。別の妖精狩人たちを唆《そそのか》して、すぐにでも再度襲撃《しゅうげき》を試みれば、俺が相手になってやる。そして」

いきなりシャルは、男の手首を摑《つか》みあげた。痛みに悲鳴をあげた彼の傷を眺めて、シャルは鼻で笑う。

「この傷ならば、こちらの手首から先は、傷が癒えても動かないだろう」

無抵抗な妖精たちがいると知り、それを卑怯《ひきょう》にも狩《か》って金に換《か》えようとした男の罰としては、相応だろう。

ひいひいと泣く男の手を放し、シャルは立ちあがった。

「殺さないでおいてやる。だが、次にここを襲《おそ》ったら、殺す。それだけ覚えておけ」

言い捨てて、背中を見せ、歩き出す。

妖精狩人の二人が、男を罵《ののし》る声が聞こえる。彼らは文字通り這《は》うようにして、人里へ帰って行くだろう。

(これが、楽園の結末か)

虚《むな》しさが大きくなる。

もう考えたくないと、セラは顔を伏《ふ》せて泣いている。

何も考えずに、ただ泣いてしまいたい気持ちは、アンにもよくわかる。

誰《だれ》だって、もう先がないとわかっていて、辛《つら》い現実を突《つ》きつけられ、後悔《こうかい》にさいなまれてしまったら何も考えたくない。ただただ、感情の乱れるままに泣いて、このまま消えてしまってもいいと思うだろう。

「リラの愛を食べて今があるなら、今を無駄《むだ》にしたら、あなたは愛を無駄に食べたことになる」

容赦《ようしゃ》ない言葉だと知っていながら、アンは硬《かた》い声で告げると、セラが身を震わせた。

「無駄にしないで。楽園が失われるとしても、ここを作ったなら、作った責任で生きて。苦しくても、そうしなければ愛の無駄食いになる。愛を食べて守ってきたのなら、それがどうしようもない運命で失われるときには、終わりに責任を持って」

きつい言葉だ。口にすると胸が痛む。だが言わなければならない。

命が尽《つ》きかけ、弱りきったセラは、聞きたくもない言葉だろうが——事実なのだから。

可哀想《かわいそう》だからと、事実を言葉にせず、何もかもを無駄にしたら、それこそリラの愛も何もかもが無駄になる。だから、言うしかない。

「セラ。リラが何を思ってあなたに愛を与えていたのか、考えて。考えることを拒絶しないで。拒絶したらセラは、リラの愛を拒絶することになってしまう」

静かに、柔らかく、アンは告げた。

「愛してたから、リラはセラに生きてほしかったはずだもの。愛してるあなたに、一緒《いっしょ》に作った大切な楽園を最後まで託《たく》したかったはず——きっと。だから——哀しいし苦しいだろうけど、リラの思いを受け止めて」

「リラの——？」

セラが呻《うめ》くように口にする。アンは力づけるように繰り返す。

「そう。リラの思い」

「でも……でも……わたしは、もう苦しいの」

「苦しいから、受け止める必要があるかもしれないの。苦しいのは、リラがあなたのことを、とても愛してくれていた結果だと思うから」

アンの言葉に、まるで誰かに触れられでもしたかのように、リラの体がびくっと震えた。セラに触れたのはアンの言葉ではない。それは、きっとリラの思い——。

「セラ。だから受け止めて。リラを」

外が、静かになっていた。

セラは動かない。

「……セラ」

遠慮《えんりょ》がちなリューの声が、廃墟の出入り口からセラを呼んだ。

ふり返ると、リューだけでなく、楽園の妖精たちが顔を覗《のぞ》かせていた。

「砂糖菓子《がし》を、食べて。セラ」

誰かの細い声が聞こえる。

「……食べても、……楽園は終わるわ」

細く、セラの涙声《なみだごえ》が答えた。

「もう、終わるのよ」

暫しの沈黙《ちんもく》の後に、リューの、必死に元気を振《ふ》り絞《しぼ》るような声が答える。

「知ってる。でも、だから何？　セラ、砂糖菓子を食べてよ」

力なく、セラは首をなんとかあげ、廃墟に集まる妖精たちを見やった。

「砂糖菓子を食べて、すこし元気になったら、ここから別の所へ行こうよ。ここは人に知られて危なくなったからね。それで、また新しい場所で、別のいい生き方を見つけようよ。みんなでね」

そこでリューの顔がゆがむ。

「ごめんね、セラ。リラにも、ごめんって言わなきゃ。僕、二人に甘えてばかりで」

妖精《ようせい》の一人が、乞《こ》うように言う。

「セラ。砂糖菓子を食べてくれ。そして、一緒にどこかへ行こう。俺たちは特に役に立たないかもしれないが、それでも一緒に、いい場所をまた見つけて、静かに暮らせるように考える」

「お願い、セラ」

「一緒に行こうよ」

「ごめんね、セラ」

「リラにも、ごめんって……言えなかったけど」

ぽつりぽつりと、妖精たちが口にする。彼らの後悔や情けなさが、さざ波のように、月光のなかに響《ひび》く。

紫紺《しこん》の瞳《ひとみ》に、涙《なみだ》があふれる。

「セラ」

アンは囁く。

「見えるよね、セラ。あなたとリラが作ったもの」

セラの目には、申し訳なさそうに、あるいは不安そうに、あるいは無理に微笑《ほほえ》んで、あるいは強がって平気な顔をして、こちらを見ている仲間たちの姿が映っているはずだ。

楽園は失われる。

しかし残るものもある。

楽園の未来を、リラが予測できないはずはなかった。しかしそれでも彼女がセラに命を与《あた》え続けたのは、何かが残ると信じていたからだろう。

それが今、セラにも見えているはずだ。

ぽろり、ぽろりと、透明《とうめい》なものが紫紺の瞳からこぼれる。

「……リラ……」

囁くように口にして、セラは肘《ひじ》で這いずり、指先の欠けた砂糖菓子の掌《てのひら》に顔を伏せた。

「苦しいわ、リラ。ごめん、リラ。あなたを、また」

細かな光が、砂糖菓子の掌に浮《う》かぶ。ふっとセラの背にある羽が微《かす》かに光り、それに押されるようにして、セラは体を起こして砂糖菓子に抱《だ》きつく。

「愛してる、リラ。ごめんね、リラ。でも、もう一度あなたを……」

砂糖菓子が輝《かがや》き、一気に光の粒《つぶ》に覆《おお》われる。光の粒はセラにまといついた。まるで慈《いつく》しむかのように。許すかのように。


セラの腕《うで》の中で砂糖菓子は光になり、消えた。

敷《し》き詰《つ》められた赤い花びらに涙をこぼしながら、セラはその場に両手をついた。後悔しているようでもあったが、感謝してもいるようなその背中に、堪《こら》えきれなくなったように、リューが二度の跳躍《ちょうやく》で寝台《しんだい》に飛び乗って抱きつく。

「セラ！　新しい場所に行こう。ね、行こう。セラの力を使わなくていい、素敵《すてき》な場所を皆で探すんだ」

妖精たちが、遠慮がちに廃墟《はいきょ》の中へと入ってくると寝台を取り囲むように集まった。

アンは寝台を降り、妖精たちと入れ替《か》わるように廃墟の出入り口に立つ。

「どこかに、あるはずだよ」

「もっと北に行こう」

「旅は、用心しないと」

口々に言う妖精たちの声に、俯《うつむ》いていたセラは顔をあげる。

「みんなで、行くの？」

問う彼女に、一人の妖精が応じた。

「ああ、行こう。セラが行く方向を決めてくれよ。やっぱりこの中じゃ、一番ものがよくわかってるから。力なんか使わなくていいから。行く方向だけ、決めてくれ。それでみんなで、その方向へ行こう」

潤《うる》む紫紺の瞳が、笑《え》みをたたえる。

「そうね。どうしようかしら」

（笑った）

ほっとして、アンは胸の前で握《にぎ》っていた拳《こぶし》から力を抜《ぬ》く。

「アン」

背後から呼ばれてふり返ると、シャルの姿があった。肩《かた》にはミスリルが座っており、さらにシャルの少し後ろにはギルバートとフラウの姿もあった。ギルバートとフラウは、妖精たちの様子を心配そうに見つめる。

「セラは？」

ミスリルの問いに、アンは思わず微笑む。

「見て。元気になった」

それを聞いて、ギルバートは肩の力を抜き、フラウが小さく「よかった」と口にする。

「それで、ここにいる妖精みんな、この場所を離《はな》れるって。セラと一緒に新しい場所を探すって。セラは力を使わなくていいから、みんなでなんとかするって」

再び妖精たちの方へ顔を向け、彼らの後ろ姿を見守りながらアンは告げた。

ギルバートとフラウは、顔を見合わせた。

「ここを捨てるのか？」

思わずだろう、そう口にしたギルバートに、フラウが細い声で答えた。

「仕方ないかもしれない。協力者たちが出て行ったんだから、この場所は、人間たちに知られたと思った方がいいから」

「そうか。そうだな」

ギルバートは切なげな目をして、妖精たちを見やる。

「十年一緒《いっしょ》にいても、所詮《しょせん》僕は協力者だから。妖精たちの仲間になれないな」

「もしかして、パパ。妖精たちと行きたいの？」

問うと、すこしの躊躇《ためら》いの後に、苦笑《くしょう》が返ってくる。

「いや。僕はここで十年、幸せな夢を見させてもらったんだろうけど……自分が何者かも知らないままでいるのは、考えてみれば不安だ。もしかすると、こんな不安な気持ちになるのも、あれかな？　セラが使っていたっていう能力から、解放されたからなのかな」

シャルは輪になる妖精たちをじっと見ていたが、ぽつりと口にする。

「……ようやく、か」

感慨《かんがい》深げな声音《こわね》だった。

「ようやく？　どういう意味なの、シャル？」

黒い瞳が、妖精たちに囲まれたセラを映している。

「文化を失った妖精たちは、野菜の種一つ持っていない。ここの連中も協力者に頼《たよ》っていたなら、独自の文化や財産があるわけではないだろう。彼らだけで生き、さらに楽園のような場所を作るのは……困難だ」

淡々《たんたん》とシャルは語るが、絶望を語っているわけではない。声音には祈《いの》るような響きがある。

「困難だ。俺は正直、楽園など作れないと感じる。おそらく彼らの中の半数以上は、俺と同じように感じているはずだ。だが彼らは、あえて決めた。皆で探して、見つけて、守るつもりだ。そうして彼らが希望を持ち続けていれば、いつか本物の楽園ができるかもしれない。いつかはわからないが——、彼らの世代では不可能で、……ことによると不可能な未来であっても、彼らは楽園に向かって一歩踏《ふ》み出す」

楽園は作れないとシャルは思っている。だから無理だ、やめておけと押しとどめるのは、彼らには酷《こく》だろう。

ホリーリーフ城に、銀砂糖妖精になるため集められた妖精たちは、未来のために今の自由を諦《あきら》めた。だがここに集まる妖精たちには、銀砂糖妖精の候補者たちがうっすらと見て、希望を託《たく》した未来すらも、見えないはずだ。

今の絶望を受け止めるか。ありえない未来に希望を見いだし、生き続けるか。どちらも苦痛と苦難がある。シャルはきっと、後者のほうが少しましだと思っているのだ。

「彼らは、不可能かもしれないと思いながら、自分たちで歩む決意をした」

セラとリラが作り、二人が支え守った楽園は、二人のものだと妖精《ようせい》たちは無意識に感じ、そこに安心と心地《ここち》よさを覚え、依存《いそん》し続けたのかもしれない。だがその支えが消えかけたとき、妖精たちも気づいただろう。楽園の住人であり続けたいならば、自分たちが楽園を守らなければならないと。

「うん。そうだね」

ミスリルが、呆《あき》れたように肩をすくめた。

「まあ、な。セラがこうなって、その上、シャル・フェン・シャルにあれだけ言われて、ようやく気づいたみたいだけどな。気づいただけ、上等か」

「これは、結末ではないのかもしれない」

シャルは妖精たちを見つめていた。その目にあるのは、励《はげ》ますような光。妖精王となるべくして生まれたシャルは、妖精たちに王は必要ないと決断してアンとともにここにいる。それでも妖精たちの行く末は気がかりなのだろう。王として立たないからこそ、一層。

（これは楽園の終わりじゃなくて、始まり）

からくりのある、誰《だれ》かの犠牲《ぎせい》を強《し》いる偽物《にせもの》の楽園は終わり、本物の楽園を作るための、きっと長くて険しい旅が始まるのだろう。

これから先、楽園ができるかなんて、誰にもわからないが、それでも――。

いつの間にか月光は薄《うす》れ、アンたちの背後からは、ぼんやりとした朝の光が射《さ》し始めていた。

セラが回復したその日、妖精たちは急ぎ旅支度《たびじたく》に取りかかった。夜、陽《ひ》が落ちて暗くなってから出発することに決めたらしい。夜道の方が人目を避《さ》けられるという理由だった。

アンたちも、出発の準備に取りかかっていた。

しかし、妖精たちがこの場所を離れるまで、アンたちもここを離れない約束はした。

楽園を出て行った協力者の誰かが、また妖精狩人《かりゆうど》を連れてこないとも限らない。用心のために、彼らが旅立つまで、シャルがここを守るのだ。

シャルとミスリルは、馬に水をやるために森の奥へ行っていた。

アンが一人で馬車の車輪を確認《かくにん》していると、廃墟《はいきょ》の中から、すいっと、セラが飛び出てきた。

彼女は三度の跳躍《ちょうやく》で、アンの目の前、馬車の脇《わき》に取り付けられている水の樽《たる》の上に座った。

「すっかり、元気そうね。セラ」

かがめていた腰《こし》を伸《の》ばしながら言うと、セラはにこりとする。

「おかげさまで。能力を使わなければ、おそらく一年くらいは生きられる気がする」

と、紫紺《しこん》の瞳《ひとみ》を向けたのは廃墟の出入り口。そこからギルバートとフラウが出てきた。二人とも、少し前に、セラに呼ばれて廃墟に入っていったのだ。それはギルバートの求めによるものだった。彼は、セラがギルバートを含《ふく》めた協力者たちに何をしていたのか、彼女の口から聞きたいと申し出たのだ。

「パパに、真相を話したの？」

セラは頷《うなず》く。

「話したわ、全部。十年前わたしが、彼、ギルバートがこの森に迷い込んで来たのを見つけて、リラとわたしの協力者にしたくて、記憶《きおく》を奪《うば》ったこと。でも彼は、記憶がなくなった後、特にわたしが能力を使わなくても、わたしたちを助けてくれた。それでも……わたしは時々彼を操《あやつ》るような真似《まね》をしてしまったけど、って。感謝も伝えた。そんな真似をしてしまったけれど、本当に感謝はしているんだってことも、伝えた」

ギルバートとフラウがアンの側に近づいて来た。

「パパ」

呼ぶと、彼は小さく手をあげた。アンはセラに向き直った。

「それで、奪ったパパの記憶は戻《もど》せるの？」

力なく、セラは首を横に振《ふ》る。

「ごめんなさい。できないの。彼の記憶を戻してあげたいけど、一度奪った記憶は戻せない」

「戻らないの……？」

失望が口に出ると、傍《かたわ》らにまでやってきたギルバートは苦笑しながらアンの肩を叩《たた》く。

「それは僕も、今セラから聞いたよ。でも、仕方ない。できないものは」

「本当にごめんなさい、ギルバート。謝ってすむことではないと、わかっているけれど」

真摯《しんし》なセラの言葉に、ギルバートは首を横に振る。

「人に使役《しえき》され続けてきた君たちが、同じように人を使役しようと決めたからって、僕は君たちが極悪非道《ごくあく》だなんて思えない。だって、そんな扱《あつか》いを人から受けてきたんだから、そんなふうに考えてしまっても仕方ない。そしていくら僕が君たちに協力的だったからと言って、容易に人を信用できなかったのを、責めることはできないよ。僕も——人間だから」

ギルバートは微笑《びしょう》する。

「人間の僕に対して、セラの口から感謝してるって聞けただけで嬉《うれ》しいよ。僕が憎《にく》い人間の一人だとしても、それでも、そう言ってもらえるんだから」

セラとギルバートは視線を交《か》わし合う。

十年、一緒の場所にいた彼らが、ようやく本当に向き合えているようだった。

「わたしたちは、もっと勇気があれば良かった。あなたを信頼《しんらい》する勇気が」

「信頼されなかったのは正直切ないけど、君たちを責められるほど、僕も勇敢《ゆうかん》じゃない。僕は十年、のんびりゆったりと生きていられたから、幸せだった。僕も君たちの楽園の幸せを享受《きょうじゅ》したんだ」

「……一緒に、行かない？　わたしたちと」

躊躇いがちにセラが言う。ギルバートは目を瞬《またた》く。

「ギルバートが一緒にいてくれたら、心強い。そしてわたしたちは、今度こそあなたを信頼できるから」

見つめ合うセラとギルバートの姿に、アンは胸に、切ないようなそれでいて温かいものを覚えた。

（知ってた。簡単じゃないって）

人と妖精がともに生きる幸福な世界を実現するのは容易ではない。急ぎすぎれば、あるいは方法を間違《まちが》えれば、セラとリラの楽園のようにまやかしになる。

（でも、こんなふうに妖精と人の関《かか》わりを変えていけたら――）

少しずつ妖精と人が心から通じ合って信頼を作りあげていけば、どれほど時間がかかっても、いつかより良い世界が来るのだと思える。

アンとシャル、ミスリルにしても、最初は互《たが》いに信頼などなかった。それがともに旅するうちに心を通わせていけたのだ。

（いつかハイランド王国も楽園に近い場所になれる、きっと）

アンはそう信じたいと思った。けっして不可能なことではないのだと。

セラと暫《しば》し見つめ合った後、ギルバートの目に温かい色が浮《う》かぶ。

「ありがとう、セラ。嬉しい。君にそう言ってもらえるのは、本当に光栄だ。でも」

ちらりとギルバートはアンを見やった。

「でもね、さすがに、すこし不安なんだ。僕の名前がギルバート・ハルフォードだってわかったのも、一年前にフラウがこの楽園に偶然《ぐうぜん》やってきてからだ。名前はわかったし、妻もいた、娘《むすめ》もいたとわかった。でもね、じゃあ僕は、妻と娘と別れた後にどこで何をしていたのか、気になって仕方ないんだ。どうして妻と娘と離《はな》れてしまったのかも、知りたい。フラウも知らないことだし、誰にも訊《き》けない。だから僕はこれから、自分に縁《ゆかり》があると思われる場所へ行って、自分の過去を調べたいと思うんだ」

「縁がある場所って、コッセル？」

アンが問うと、

「そうだ」

と応じた彼は、ポケットから宿屋の発行した馬の預かり証を取り出す。

「これは、十年前のものなんだ。セラが僕と出会ったとき、これを持っていたんだ」

「十年前……。じゃあ、その宿屋が今もあるかは、わからないんだ」

「うん」

その話を聞いて、アンたちをおびき出す手紙に幾度《いくど》もコッセルへ来いと書かれていた理由が、わかった。ギルバートに縁のある土地のはずだから、エマに――そしてアンに不審《ふしん》を抱《いだ》かせない小細工として、おびき出すための目的地をコッセルにしたのだ。

本当の目的地はコッセルではなく、その途上《とじょう》で銀砂糖師をさらうことだったのだから、目的地は方角さえ楽園とかけ離れていなければ、どこでも良かったのだろう。

「本当に、セラは賢《かしこ》いね……」

思わず口にすると、セラは申し訳なさそうに肩《かた》をすぼめた。

「悪知恵《わるぢえ》だわ。許して」

「とにかく僕の過去を知るための手がかりは、コッセルのみだから。僕とフラウは、コッセルへ行くつもりなんだ」

優《やさ》しい笑顔《えがお》の男を見つめて、アンは迷った。

「二人で？」

「うん」

そこでフラウが、金の瞳でアンを見る。

「できたら、あなたも一緒《いっしょ》に行ってもらえたら……」

「一緒に？」

突然《とつぜん》の提案に驚《おどろ》いていると、ギルバートがたしなめるように言う。

「フラウ。さっきも言ったけど、アンには伴侶《はんりょ》がいる。自分の家もあって幸せにやってる。僕のことなんかに、関わる必要はないんだ」

「でも、わたしたち二人で心細くて。だから、アン。できれば」

「フラウ、大丈夫《だいじょうぶ》だから。気にしないで、アン」

優しいギルバートの表情を見ていると、心がざわめく。

（パパの過去。それは、わたしのママと繫《つな》がっているもの）

強い思いが浮かぶ。

（……知りたい。わたしも、知りたい）

エマとギルバートは、どうやって出会ったのか。どんなふうに愛し合って、アンが生まれたのか。なぜ離ればなれになったのか。母と父、アンの三人で生きる道もあったはずなのに、そうできなかったのはなぜだろうか。

アンもエマと同じように愛する伴侶を得ている今、なぜ、伴侶と離ればなれになる不幸があったのか知りたいと思う。アンは、夫であるシャルと離れたくない。エマもきっとそうだったはずだ。

今、アンの前で柔《やわ》らかな笑みを浮かべるギルバートが、好き好んで妻子を捨てる人ではないと思える。

エマもギルバートも、互いに離れたくないと思っていたにもかかわらず、離ればなれになってしまったのだろうか。

アンが赤ちゃんだった頃《ころ》――、ハルフォード一家に何があったのか。

「わたしも……パパと行きたい」

思わず口にしていた。

「わたしも知りたい。できれば、一緒に行きたい……」

えっ、とギルバートは驚いた顔をしたが、フラウの瞳《ひとみ》が輝《かがや》く。

「行ってくれるの？　アン。一緒に」

「でも、わたしだけでは決められない。シャルと、ミスリル・リッド・ポッドと相談しないと」

　フラウが金の瞳を森の奥へ向け、指さす。

「丁度よく、来たわ。相談する人」

　馬車馬の轡《くつわ》を握《にぎ》り、シャルがこちらに向かってくる。馬の耳の間に、ミスリルが上機嫌《じょうきげん》で、鼻歌を歌いながら座っている。

　アンとセラ、ギルバートとフラウの視線を受けながら、シャルは近づいてくると、手近な木に馬を繋ぎながら問う。

「なんだ？　何か言いたそうだな」

「パパとフラウが、コッセルへ行くんだって。パパの過去に何があったのか、調べるために。それで……わたしも、一緒に行きたくて」

　ぴくぴく動く馬の耳に軽くぶたれたミスリルが、顔をしかめながら訊く。

「え？　行きたいのか？」

「うん。一緒に行って、知りたいの。なぜママとパパが離ればなれになったのか。知っても、どうしようもないことだけど。パパとママの人生で、きっととても大きな出来事だったと思うから。パパとママとわたしの、三人の家族がどうして離ればなれになってしまったのか、知りたい」

　馬を繋ぎ終わると、シャルは腕組《うでぐ》みし、ギルバートをじろりと見やる。ギルバートは、慌《あわ》てて手を振《ふ》る。

「いや、僕は自分一人で行くつもりだったんだ。アンは僕の娘かもしれないけど、もう伴侶を得て立派に暮らしてるんだから、父親のことを気にする必要はないよ。フラウのことも、実はセラたちと旅立つ方が幸せだと思うくらいなんだ。僕は、僕一人でこれから生きるのがふさわしいと」

「わたしは、あなたと行く」

フラウが小さな、しかし断固とした声音《こわね》で言う。

シャルはついと、アンに目を向けた。

「知りたいなら行け。もちろん一緒に行く」

「いいの？」

「コッセルまで、ここからであればそれほど遠くない。そもそもそこが目的地だった。何かがあっても、俺がいる」

シャルは、アンがエマを失ってどれほど哀《かな》しんだのか知っていて、とても大切な存在だったのだと、わかってくれている。その大切な人の、とても大きな過去の出来事を知りたいと願う、その気持ちを汲《く》んでくれた。知ったところで役に立たないと、すげなく断ることもできるのに。

思いやりの深さが心から嬉《うれ》しいし、シャルの伴侶である幸福を感じる。

「ありがとう。シャル」

礼を言うと、彼はわずかに口元を緩《ゆる》める。

「俺様も、別にかまわないぜ。コッセル行ったことないからな！　観光して……うわわっ」

馬の耳に叩《たた》かれて、ミスリルはころりと草地に転げ落ちる。

それを見たセラが、ころころっと笑う。

「シャルもミスリル・リッド・ポッドも、こう言ってくれてるから。一緒にコッセルへ行くわ、パパ、フラウ」

「すまない、アン。でも、ありがとう。すこし嬉しいな。娘《むすめ》との旅か」

照れ笑いして、ギルバートはフラウに言う。

「じゃあ、僕たちも旅立ちの用意をしよう」

「ええ」

足取りも軽く、二人は準備のためにその場を離《はな》れる。

それを見送って、セラが再びアンに向き直った。

「色々と、ごめんなさい。そして……ありがとう。アン。あなたの砂糖菓子《がし》がわたしを救ってくれた」

「わたしは、役に立てたのが嬉しい。あなたの命が繋がるってことは、わたしの砂糖菓子が綺《き》麗《れい》だって証《あか》しだもの。職人冥利《みょうり》につきる」

さらにふと、訊《き》いてみたかったことを口にする。

「ねぇ、セラ。どうして楽園を作ろうと思ったの？」

「単純よ。リラと二人だけが、寂《さび》しかったの。二人でいるより、周りに沢山《たくさん》仲間がいれば、もっと楽しいのにって。二人で話して、楽しい夢を見てしまったの。でもそれも身勝手なのよ。もっと楽しいだろうからって理由で、楽園を作りたかったんだから。二人だけでいれば幸せだったのに、二人で夢を見てしまったから」

かつての自分を笑うように、懐《なつ》かしむように遠い目をして、セラは宙を見つめた。

「そうなんだ……」

夢というのは、存外そんなものなのだ。単純で、やってみたくて——。そして現実になってくると、その大きさに押しつぶされたり、戸惑《とまど》ったりする。

「でもね、無茶な夢で、失ったものは大きすぎたけど、残るものはあるわ」

セラが目を向けたのは、廃墟《はいきょ》の出入り口や窓の中に見える、妖精《ようせい》たちの姿だ。彼らは出発の準備のために、右往左往していた。

「一緒にいられる仲間は、確かに増えたから」

気を取り直したように、セラは紫紺《しこん》の瞳でアンを見やる。

「わたしたち、今夜、月が昇《のぼ》ったら発《た》つわ」

セラたちの行き先は、ビルセス山脈の奥地だ。かなりの長旅だが、その地に向かってはどうかとセラに勧《すす》めたのはシャルだ。彼がそこを勧めたのは、人があまり立ち入らない場所であるのと同時に、エリルが住んでいる場所だからだろう。

シャルはエリルのことを妖精たちには話さなかった。そこに妖精王がいると知れば、妖精たちは王に縋《すが》るかもしれしない。しかしそれは、シャルやエリルが望む、妖精のありかたではない。王を中心とした妖精の国を望んでしまえば、再び人と妖精が対立しかねない。

だが、もし彼らとエリルが出会えれば、それは運命だろう。運命が導けば、もしかするとエリルと妖精たちは、楽園めいた場所を作れるかもしれない。そのときはエリルが、王としてではなく、彼の考える方法で、妖精たちに力を貸すかもしれない。

「じゃあ、わたしたちは、その後で出発する。夜明けかな？　馬車だから明るくならないと、道がよくわからなくて危ないもの」

「アン」

表情を改め、セラは樽《たる》の上に立ちあがった。

「何？」

「リラに会わせてくれて、ありがとう」

紫紺の瞳に見つめられ、アンは胸が詰《つ》まった。セラの微笑《ほほえ》みは美しく、儚《はかな》げで、だからこそそこに妖精たちのすぐに砕《くだ》けそうな夢や希望を見るようだった。

「わたし、二度と会えないと思っていたリラを抱《だ》きしめた。そしてね、やっぱりリラがわたしに与《あた》え続けてくれたものを、素直《すなお》に、感謝して、苦しがったりせず、ただ愛《いと》しいと思いながら、胸の奥にしっかり抱《かか》えて旅に出ようと思うの。きっと、素敵《すてき》な旅になる」

「うん。そうだね。素敵な旅を、セラ」

「あなたたちもね、アン」

セラはぱっと跳《は》ねて、廃墟の中へと戻《もど》っていった。彼女が中に入ると、彼女の帰りを待ちかねていたらしいリューが、何やかやと相談をもちかけている声が聞こえた。

アンとシャルとミスリルは、潑剌《はつらつ》とした妖精たちの声にしばらく耳を傾《かたむ》けていた。シャルもミスリルも無言だったが、きっと二人は心の中で、アンと似たような言葉を呟《つぶや》いただろう。


(妖精たちの旅路に、幸多からんことを)


月が昇るのと同時に、妖精たちは旅立った。

月光の中、北に向かって森の中へ消えていく妖精たちの姿を、アンとシャル、ミスリル、そしてギルバートとフラウは見送った。

翌朝。五人はコッセルへ向けて出発した。

ギルバート・ハルフォードの過去を知るために。

あとがき

皆《みな》さま、こんにちは。三川《みかわ》みりです。この本は『シュガーアップル・フェアリーテイル』シリーズの新章、二巻目となります。

新章にも今回から○○編という、まとまりをつけてもらいました。この○○編というのを考えるのが、かなり難航しました。担当様と、ああでもないこうでもないと相談し……。アンとシャル、ミスリルの三人の、理想の幸せな生活が始まったのが、砂糖林檎《りんご》の森の中にある家なので、「銀砂糖師の家」としました。

理想の幸せな生活と言いつつも、一巻に引き続き二巻も色々と騒動《そうどう》が起こっています。アンたちはいつも大変ですが、三人でいれば何があっても大丈夫《だいじょうぶ》かなぁと思います。

あと新章になって、アンへのシャルの愛情表現のたがが外れました。何かというと、シャルの方がアンにちょっかいを出したり、いちゃいちゃしたがったりしている気がします。「どうしてこうなった、シャルよ……」と、書いていて思うのですが。十七巻まで色々と我慢《がまん》したので、その分が爆発《ばくはつ》したのかと。百歳オーバーの妖精《ようせい》が、結婚《けっこん》し、内心嬉《うれ》しくてたまらず新妻にちょっかいを出しまくるのを、温かく見守ってください。

この本が出る頃《ころ》、TVアニメ『シュガーアップル・フェアリーテイル』第二クールが放送の真っ最中の予定です。本当に素晴《すば》らしいので、未視聴《しちょう》の読者さまがいらしたら、是非《ぜひ》ご覧ください
ませ。泣けるほどに美しいです。

さらにヤングエース様で夜空《よぞら》のうどん先生による、美麗《びれい》なコミカライズも連載《れんさい》中。そして、なんと、『シュガーアップル・フェアリーテイル』新章も、フロースコミック様にて、此匙《こさじ》先生によるコミカライズが予定されております。小説やアニメとはまた違《ちが》う素敵《すてき》さなので、こちらもチェックして頂ければ嬉しいです。

あき様。新章一巻に引き続き、美しいイラストをありがとうございます。ちょっと大人になったアンとシャルが、二人でいる姿を拝見できるなど、本当に幸せです。今回も……ため息が出るほど素敵です。

担当様。お忙《いそが》しい中、様々な企画《きかく》など本当にありがとうございます。これからもまだまだご迷惑《めいわく》をおかけすると思いますが、引き続きよろしくお願いいたします。

最後になりますが、読者の皆さま。稀有《けう》な幸運に恵《めぐ》まれている『シュガーアップル・フェアリーテイル』シリーズですが、この幸運は読者の皆さまが恵んでくださったものです。感謝がつきません。ありがとうございます。

三川みり

BEANS BUNKO

「シュガーアップル・フェアリーテイル 銀砂糖師と紫紺の楽園」の感想をお寄せください。
おたよりのあて先
〒102-8177 東京都千代田区富士見2-13-3
株式会社KADOKAWA 角川ビーンズ文庫編集部気付
「三川みり」先生・「あき」先生
また、編集部へのご意見ご希望は、同じ住所で「ビーンズ文庫編集部」
までお寄せください。

シュガーアップル・フェアリーテイル 銀砂糖師《ぎんざとうし》と紫紺《しこん》の楽園《らくえん》

三川《みかわ》みり

角川ビーンズ文庫 23760

令和5年8月1日 初版発行

発行者———山下直久
発 行———株式会社KADOKAWA
〒102-8177 東京都千代田区富士見2-13-3
電話 0570-002-301（ナビダイヤル）
印刷所———株式会社暁印刷
製本所———本間製本株式会社
装幀者———micro fish

ISBN978-4-04-113850-2 C0193 定価はカバーに表示してあります。 ◇◇◇

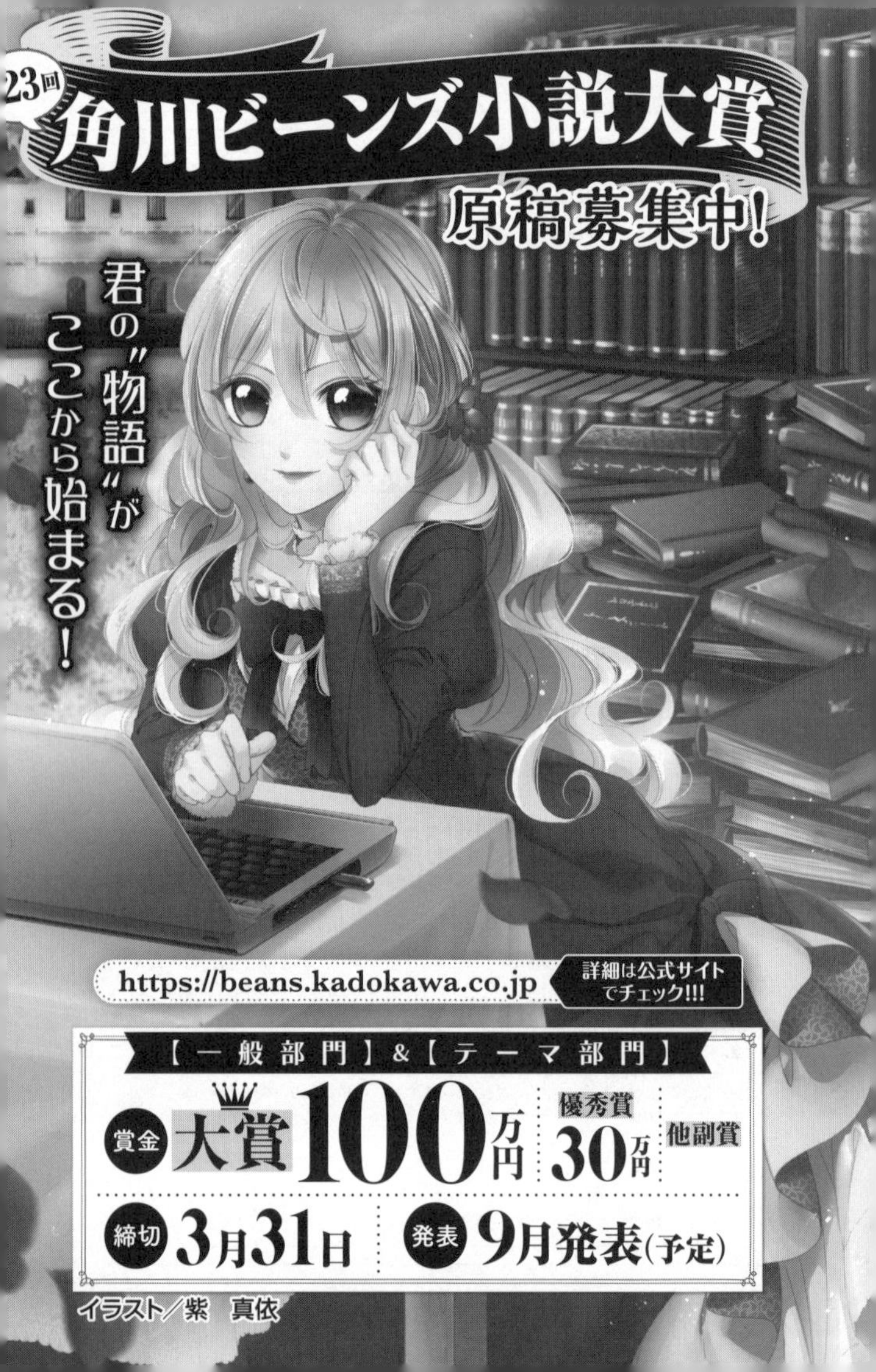
第23回
角川ビーンズ小説大賞
原稿募集中!
君の"物語"がここから始まる!
https://beans.kadokawa.co.jp
詳細は公式サイトでチェック!!!
【一般部門】&【テーマ部門】
賞金 大賞100万円
優秀賞30万円
他副賞
締切3月31日
発表9月発表(予定)
イラスト/紫　真依